Franziska König

Eine ranzige Ehe

Journal

Realdoku
aus dem wahren Leben

Für meine liebe Mama!

© April 2022 von Franziska König
Cover: Gemälde von Erika König
Covergestaltung: Franziska König & Agentur Baumfalk Aurich
Herstellung und Verlag: BoD –Books on Demand Norderstedt
ISBN: 9783755742791

Franziska (Kika) mit ihrer Violine – fotografiert von ihrer lieben Freundin Ute Bott aus Rottweil.

„Wenn ich dereinst verstorben bin, so schweigt auch meine Violine!" sagt sie.

Drum bringt Franziska alle vier Wochen ein schlankes bis vollschlankes Taschenbuch heraus.

Erzählt werden Geschichten aus dem wahren Leben, die von erhöhtem Interesse sein dürften.

Jeden vierten Dienstag um 18.05 wird das fertige Manuskript in die Umlaufbahn entsandt.

Die meisten Vorkömmlinge
finden sich im Personenverzeichnis
am Ende des Buches

Hier die Familie vorweg:

Buz (Wolfram), unser Papa (*1938) Professor für
Violine an der Musikhochschule in Trossingen
Rehlein (Erika), unsere Mutter (*1939)
Ming (Iwan), mein Bruder (*1964)

Ein Buch ohne Vorwort.
Sie können gleich anfangen zu lesen…

Mai 2003

Donnerstag, 1. Mai
Aurich in Ostfriesland

Höchst grau bewölkt. Zuweilen starker Duschregen.
Gegen Abend Dann wiederum wurde es etwas
lieblicher

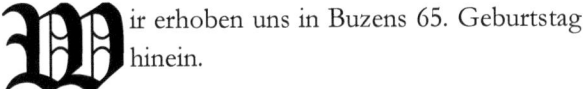ir erhoben uns in Buzens 65. Geburtstag hinein.

Der Herbst des Lebens begann für Buz im Wonnemonat Mai, der den Erwartungen die in ihn gesetzt worden waren jedoch eine lange Nase zu drehen schien, indem er uns in einer Wetterlage empfing, die einem Urlaub der folgenden Art auf einer ostfriesischen Insel zur Ehre gereichte:

In einen Regenmantel gehüllt, von scharfem Winde bepfiffen, grobkörnig eisigen und spitzen Schnieseltropfen bepeitscht, spaziert man auf den Deichen herum, um die kostbarste Zeit des Jahres urlaubsgemäß zu gestalten.

Buz wünscht sich seine Jugend zurück, doch das Alter ist gnadenlos, und lässt sich nicht hinweg-wünschen.

Zum Frühstück zeigte sich bereits ein erster Gratulant: Unser treuer Freund Christoph.

Der Christoph hatte Buzen ein bezauberndes Geschenk mitgebracht: Die Partitur eines ganz kurzen Streichquartetts von Beethoven. So kurz wie der „abgeschlossene Roman" im *Stern*. Bestehend aus zwei Seiten im Pixibuchformat.

Ein Quartett, das Beethoven - ähnelnd dem Opa mit seinen wunderschönen, wie aus dem Ärmel geschüttelten Gedichten - jemandem ins Gästebuch geschrieben hatte.

Augenblicklich spielten wir es anstelle eines ausgeleierten Geburtstagsliedes vom Blatt, wobei Rehlein endlich mal wieder als Bratscherin gefordert wurde.

Hernach spielten wir dem Jubilatoren auch noch unser Beethoven Trio vor, und dann mußte der Christoph mit seiner kleinen Familie einen Ausflug machen, und empfahl sich, während Rehlein doch soeben die Erdbeertorte auf dem Tisch aufbaute.

Wieder beratschlagten wir herum, wen Buz auf die Kürze wohl noch einladen könne?

Buz hätte so viele Ideen gehabt – mehr als wir Stühle haben.

„Wir könnten „Reise nach Jerusalem" spielen!" schlug ich vor, „dann sparen wir uns zumindest *einen* Stuhl!"

Buzen war es ein Herzensanliegen, den greisen Herrn Schüt zu seinem Kindergeburtstag einzuladen.

Wieder mußte man sich einen anstrengenden Psychologisierungsschwall anhören, als Ming und Rehlein verbal auf Buz eindroschen, und ihn lauernd auf die Frage festnagelten, ob er wohl sehr schüchtern sei? Buz wurde davon aber leicht ärgerlich, und ähnelnd der Hilde, wenn der Omar ihr gelegentlich klar macht, wer „der Herr im Hause" sei, wurde Rehlein unter dem Schwall ärgerlicher Worte, der sich Buzen entlud, wieder gehorsamer und netter.

Beinah hätte ich dies´ interessante Thema zur Sprache gebracht: Daß die Hilde an Buzens Seite wahrscheinlich höchst nörglerisch geworden wäre. Dann heiratete sie einen Mohren, der ihr unmissverständlich beibrachte, daß die Frau dem Manne untertan ist, so daß sie nun eine gehorsame Ehefrau geworden ist, wie im Buch „Die deutsche Hausfrau" (aus dem Jahre 1952) empfohlen.

Nun aber galt´s die liebevoll verpackten Geschenke auszupacken. Wir waren alle ganz hibbelig vor Aufregung, und Rehlein kredenzte einen kleinen Cointreau in einem winzigen Silbertässchen.

Buz hing jedoch noch am Telefontropf, da er von seiner Mutter angerufen wurde.

Das liebe dünne Stimmchen sagte: „Ein Glück, daß du nicht in China bist, mein lieber Junge!"

Buz wäre so gern in China, doch dort wütete ein Killervirus, das die Chinesen in Angst und Schrecken versetzte: SARS.

„Vielleicht gelingt´s mir ja, dich *damit* ein bißchen über die verschobene Reise hinwegzutrösten!" sagte ich wenig später liebevoll, während ich Buz meine Geschenke überreichte: Die beiden dicken chinesischen Familientragödien, damit er sich wenigstens als Leser ein kleines bißchen in China befände.

Buz vertiefte sich gleich sehr interessiert in die Geschichte vom „Han-Sen", dem „Chinesen mit dem Kontrabass", und las uns daraus vor.

Darüber verpassten wir das halbe Europa-Konzert der Berliner Philharmoniker, und als wir es einschalteten, schwelgte Maria João Pires, eine ältere Dame, soeben im Schlußsatz von Mozarts so atemberaubenden Klavierkonzert in A-Dur.

Hernach dirigierte Pierre Boulez Bartòks Orchesterkonzert.

Trotz des Jubiläums und der schönen Musik stak Jubilator Buz leicht auf der B-Seite, und meckerte hinter Rehlein her.

„Daß diese Frau niemals auch nur drei Minuten stillsitzen kann, um sich etwas anzuhören. Immer hat sie etwas Wichtiges zu tun!" machte Buz sich Luft. „Wüüüüchtiges!" sagte er gar mit höhnisch gespitzten Lippen, um seine Grämlichkeit darüber in ein noch passenderes Gewand zu drücken.

Ming war die Wiedergabe dieses so grandiosen Meisterwerks durch den gefühlsverhaltenen Pierre zu nüchtern, und dann geriet der süße Ming in einen manischen Kommentierungsrausch, so daß Buz sein Bestreben, dem Meisterwerk zur Abwechslung mal „analytisch" (statt genießend) zu lauschen, vorerst begrub.

Rehlein und ich spazierten auf der Ostfriesland-promenade – einem nicht enden wollenden geschmackvoll gefließten schlanken Weg, auf dem es allerlei zu erleben gibt.

Eine Horde Kinder wandte sich vertrauensvoll an Rehlein, dieweil sie im Wald einen bösen schwarzen Mann gesehen hätten, der sie vielleicht ermorden wolle? Rehlein schaute gleich engagiert in das Wäldchen hinein, obwohl wir alle von großem Unbehagen erfasst waren. Doch man sah bloß ein harmloses (?) Liebespaar unter einem Schirm auf einer Bank sitzen.

Am Nachmittag kamen unsere Gäste:

Frau Münch und Herr Berke.

Herr Berke brachte Buz eine Hör-CD mit: „Gert Westphal liest Thomas Mann", und Frau Münch hatte so nett an eine Flasche Schampus gedacht.

Wir gruppierten uns um die leuchtende Erdbeertorte auf dem schön gedeckten Tisch herum, und ich erzählte eine kleine Anekdote aus Buzens Leben, um die Gäste zu unterhalten:

Kurz vor meiner Prüfung im Jahre 1992 hatte ich in einer Villa ein Hauskonzert gegeben. Hernach (Nachmittags gegen vier Uhr) sollte Tee getrunken werden, und die Hausfrau hatte allerliebst den Tisch mit einer weißen Tischdecke und dem feinsten Teegeschirr gedeckt.

Buz war sehr besorgt um meine Saiten auf der Violine, die leicht rosten, und quintenunrein werden könnten. Um dem entgegenzuwirken, sollte man sie nach dem Spiel mit Spiritus abputzen.

Somit frug Buz die Gastgeberin, die soeben den Tee hereintrug: „Hast Du vielleicht ein bißchen Alkohol?" „Natürlich!" sagte die höfliche und sehr defensiv agierende Frau ganz erschrocken, und wenig später sah man sie in den Weinkeller hinabsteigen.

Ich sehe es noch heut vor mir:

Die lockige Frisur von hinten, und die Gedanken die unter dieser Frisur gedacht wurden schienen mir eingeblendet, als seien es Untertitel in einem alten Film:

„Ich muß doch wissen, daß Musiker gerne etwas Geistiges trinken!"

Abends feierten wir im „Lüttje Horn". Uns gegenüber saß unser lieber Freund Hans-Hermann mit der kleinen Eva und ihrem bezaubernden Lächeln.

Freitag, 2. Mai

Bewölkt und unauffällig. Abends regnete es laut los. (Hier an dieser Stelle sieht man, wie wichtig eine fundierte Kenntnis der Rechtschreibung ist: Es regnete laut los! (So war´s!) Oder aber „es regnete lautlos" (schön wär´s!)

Laut und duschend

Im Traum *schaute ich auf einen großen Marktplatz drauf. Vor dem Caféhaus saßen zwei Gestalten an einem kleinen Tischlein in der Abendsonne, von der sie in glutrotes Tuch eingehüllt schienen. Die eine der beiden Gestalten war der Gevatter Tod.*

Ich befand mich in jenem Tage, wo Buz und Ming um siebene nach Trossingen bzw. Ofenbach aufbrechen wollten, und im Geiste sah ich es bereits vor mir, wie sie mich vielleicht an meinem Stammplatz in der Tankstelle erwischen, und völlig konsterniert sind.

Demgemäß beunruhigt saß ich über die Bild-Zeitung gekrümmt, und bei jedem Schellen der Ladenglocke rechnete ich damit, daß Buz oder Ming den Laden beträten.

Man las über den Prozess einer 37-jährigen Dame aus Flensburg, die einen 13-jährigen Jüngling vernascht habe. Dies kam durch eine unverhoffte Schwangerschaft ans Tageslicht.

Ihre 16-jährige Tochter sagte im Prozess aus, daß es bei ihnen daheim furchtbar zuginge: Die Mutter führe sich auf wie eine ganz junge Diskobiene und sei nur an ganz jungen Jünglingen interessiert.

Erst vorgestern habe sie versucht, ihre Mutti zur Vernunft zu bewegen, und beschwor sie mit folgenden leicht despektierlichen Worten:

„Die haben null Interesse daran, mit dir alt zu werden!"

Als ich wieder daheim war, waren Ming und Buz bereits fleißig am packen, doch ich veranstaltete erstmal kein großes Be- oder Entgrüßungs-zeremonium, wie ich das sonst immer mache, sondern begann unverzüglich Violine zu üben.

Schon oft habe ich – bislang leider vergebens – versucht, ein ganz normaler Mensch zu werden.

Der Normbürger hebt die Hand zum Gruße, lächelt kurz und betritt federnden Schrittes, die Nase in die nahe Zukunft gerichtet das nächste Kapitel seines Lebens. Buz & Ming sind in dieser Hinsicht absolute Normbürger, auch wenn der Abschied je nach Launengrad zuweilen auch sehr herzlich werden kann. Mir aber schnürt ein Abschied jedesmal das Herz ab. Ich kann an überhaupt nichts anderes mehr denken und werde von irrealen Reueschüben, mich nicht herzlich genug verabschiedet zu haben und dem beklemmenden Gefühl, man würde sich nie wiedersehen gemartert.

Dem kann nur durch Arbeit entgegengewirkt werden, dachte ich kurz entschlossen.

Und dann erlitt ich einen leichten Schock: Es sah nämlich ganz so aus, als hätte Buz grußfrei das Haus verlassen.

Vor Enttäuschung und Fassungslosigkeit verspielte ich mich ganz oft. Durchs Fenster sah ich, wie der nunmehr 65-jährige Buz in seinen BMW mit dem Kennzeichen AUR - WK38 stieg. Ich riss das Fenster auf – indes zu spät, und das Auto rollte zügig hinweg.

Schmerzlich berührt übte ich weiter, und versuchte, meinen Kummer durch plättende Gedanken abzuschütteln.

Gottlob war es bloß so, daß Buz kurz zur Bank gefahren war, um sich die Taschen mit Gold zu füllen.

Sogar zu einem gemeinsamen Teetrunk langte es noch. Doch Mings Händi war verschwunden, so daß uns die Teestunde durch hektisches Herumgesuche leicht verdorben wurde.

Kurz vor dem Abschied löste Ming eine große Logorrhö in mir aus. Ich erzählte ihm von Veronikas Kollegen in Brasilien, der seiner Mutter am Telefon nie sagen möchte, wie lange er zu bleiben gedenkt, da er ihre Abschiedszeremonielle nicht ertragen kann.

Buz, vom Vorgeschmack der Freiheit getragen, sagte etwas Dahingehendes, daß Rehlein doch mitkommen solle?! Unfaßbar wär´s jetzt natürlich gewesen, wenn Rehlein ganz spontan mitgefahren wäre, und Buz seine so überaus spontan veranlagte Ehefrau, die noch im Morgenrock stak, mit nach Süddeutschland genommen hätte?

Nun waren Rehlein & ich wieder unter uns.

Zum Frühstück schauten wir einen empörenden Fall mit Richter Hans-Joachim Schleifenbaum. Unsere Empörung galt ganz und gar der Bundesbahn, und dem dümmlichen 37-jährigen Beamten, der seinen Arbeitgeber verteidigen sollte, und ausschaute wie Ottens unehelicher Schwiegersohn.

Eine Dame klagte, daß sie auf einer Reise so schrecklich aufs Klosett pressierte, und der Kontrolator ihr keine Klokabine aufschloss.

Der Beamte meinte lapidar, daß es für einen gesunden Menschen durchaus zumutbar wäre, mal zwei ein viertel Stunden auf seinen Klogang zu verzichten. Doch der Richter sah das nicht so, und die Dame bekam 500 € Schmerzensgeld zugesprochen.

Da war sie froh, und wir freuten uns mit ihr.

Rehlein radelte in die Stadt, und ich als Bürodame freute mich so unbändig auf Rehlein vor, weil ich es immer so schön finde, wenn Rehlein liebevoll „Kikalein!" ruft.

Mittags gab's bei uns so ein wunderschönes Picknickessen: Kartoffeln, Oliven, Käsereste und Hering.

Am Nachmittag stand ich Violine übend am Fenster: Der (neue) Liebhaber von der Ina trat in Erscheinung, und ich riss das Fenster auf.

„..kann ich doch nicht wissen, ey!" hörte man die Ina, dafür daß die Beziehung noch so frisch war, überraschend sauertöpfisch aufjodeln.

Im Zentralcafé bediente heute ein neuer Herr mit einem Pferdeschwanz.

„Spielen Sie Violine?" frug er mich höflich, dieweil ich heut in der Zeitung gekommen bin, und darüber hinaus unten im Zentralcafé-Eingang in Form eines Plakats an der Wand klebe.

Abends peitschte ein hageliger Regen auf, so daß man's kaum glauben mochte, daß man vor wenigen Tagen noch einfach so auf der Friedhofsbank sitzen konnte.

Samstag, 3. Mai

Zuerst barsch und stürmisch.
Abends hellgelber Sonnenschein

Draußen peitschte ein so unglaublicher Regen-
sturm, und wenn man aus dem Fenster blickte, so
wirkten Büsche und Bäume unerhört aktiv. Ich
selber bewegte mich leider sehr langsam und
behäbig.

Zum Frühstück schauten wir höchst gebannt einen
schwedischen Kinderfilm an:
Zwei Kinder, Morton und Annika, wurden als
Ferienkinder beim Sargmacher abgestellt, und der
Sargmacher heiratete im Laufe des Filmes eine
einsame Lehrerin, die sich an ihrem Geburtstag im
Stadthotel betrunken hatte, um den Kummer über
ihre Einsamkeit zu ertränken.
Der kleine Morton - zirka 7 bis 8 Jahre alt - schrieb
jeden Tag einen langen Brief an seine verstorbene
Mutter, die mit 27 Jahren starb.
„Gruß und Kuß! Dein Morton" schrieb er so nett
am Schluß, und dann verlobte er sich, ungeachtet
seiner Jugend, mit der gleichaltrigen Annika.
In Rehleins Augen blitzten Tränen der Rührung.

Nachdem ich eine Stunde lang geübt hatte, schaute
ich mir wieder eine Sendung an:
„Studierende der Musikhochschule Lübeck musizie-
ren", und auch wenn es sich nur um Buggiwuggi

Musik handelte, so wehte mich doch eine berührende Hochschulnostalgie an.

Zum Mittagessen - es gab Kartoffeln und rote Beete, von der die Kartoffeln ganz rotgefärbt ausschauten - gönnten wir uns wieder einen Fall von Richter Guido Neumann:

Eine gepflegte 44-Jährige in einem champagnerfarbenen Hosenanzug erinnerte uns an das böse Uschilein. Sie hatte für 4000€ einen Privatdetektiv angestellt, der herausfinden sollte, ob ihr Mann fremd geht oder nicht?

Dann zeigte ihr der Privatdetektiv ein Foto von seiner eigenen Freundin, damit das Uschilein endlich Ruhe gibt. Und seine eigene (Ex-)freundin ist keine Geringere gewesen als jene, die wir bereits von einem anderen beklemmenden Fall her kannten. Eine ganz herbe, vergrätzte Blondine, die aus irgendeinem Grunde eine magische Ausstrahlung auf die Männer hat.

Doch im wahren Leben schauen die Herren wohl kaum noch auf Ü40erinnen?

Zum Tee verstanden Rehlein & ich uns geradezu beglückend fantastisch. Ich erzählte, wie ich vorhin beim Radeln den Bildschirmschoner so nett bewunken habe, und sich eine ungeahnte tiefe Herzlichkeit zwischen uns ausgebreitet hat, die sogar in beiden Seiten noch kurz nachwaberte, bevor man wieder vom alltäglichen Einerlei verschlungen wurde.

Dann erzählte ich, wie Frau Großmann eine Ausstellung mit ihren Schmuckstücken gemacht habe. Aber außer Mühe und Unkosten sprang nichts dabei heraus!

Am Abend fand mein Konzert in Holtrop statt.

Doch schon am Nachmittag übte ich gewissenhaft in der Kirche. Manchmal spielte ich sinnlich enthemmt, während Rehlein dabei saß, und „die Glücksformel" studierte. Ein Buch, das derzeit in aller Munde ist, und wenn alle es gelesen und das Gelesene verinnerlicht haben, so wird das Land von einer Woge puren Glücks erfasst, die das ganze Unglück das zuvor an der Tagesordnung war, hinwegschwemmt.

Obwohl das Wetter am Vormittag noch so ungestüm war, leuchtete die Sonne jetzt warm auf die roten Backsteinquadrate im Kircheninneren.

Im Konzert:

Rehlein, mit einer an Joseph Haydn erinnernden Frisur, hatte auf der Empore Platz genommen, um dem Geschehen aus der Ferne beizuwohnen – bzw. zu prüfen, ob mein Violinspiel wohl die nötige Tragkraft hat.

In der ersten Reihe saß ein so überaus interessiertes Ehepaar.

Auch Reinhard B., ein sympathischer Cellist war aus Delmenhorst herbeigereist, und hernach so unerhört begeistert, daß er mich mehrfach busselte und umarmte.

Der hochbetagte Herr Schütt hatte sich ebenfalls herbemüht, und ließ mir eine tief empfundene Umarmung angedeihen.

Heut hätte ich meine Dauerdiät tatsächlich beenden dürfen, da Frau Grootmann, eine Verehrerin von mir, spontan ausgerufen hatte, daß ich schlank geworden sei. Und so plauderte ich mit Herrn und Frau Grootmann verbindend über´s Schlankwerden.

Sonntag, 4. Mai

Sonnig. Zuerst elendend, dann wunderschön

Am Morgen dachte ich über Prinzessin Märtha-Louise nach, über die gestern ein kleiner Beitrag im Fernsehen gebracht wurde.

Ich dachte darüber nach, daß sie dieses seltsame Leben das sie da führt, eigentlich nur als Prinzessin führen kann, denn eine normale Frau in ihrem Alter könnte sich so etwas schlichtweg nicht erlauben. (Sich als Märchenprinzessin vermieten zu lassen!)

Oder doch?

In meinem heutigen Traum *hatte sie zudem noch eine CD mit Schlagergesängen besungen, und genau diese CD hatte ich mir aus einem Supermarkt gemopst, und in einem Zimmer von meinem Nachbarn, einem Herrn, der prinzipiell nie die Türe abschloss, versteckt. Beim Üben sah ich immer genau, wann der Nachbar das Haus verließ, und kaum war er weg, so eilte ich hinüber, holte die CD aus ihrem Versteck hervor, und lauschte daran herum.*

Am Morgen frug Rehlein anteilnehmend, wie ich wohl geschlafen habe?

„Sagenhaft!" sagte ich, und machte um meinen Schlaf somit ein ähnliches Wortgebräu wie ansonsten über Rehleins Speisen.

Da freute sich Rehlein, daß ich nicht in eine postkonzertale Deprimanz versunken bin.

Zum Frühstück stellte ich mir vor, wie Rehlein mal ganz alt ist: 96 Jahre, und wir noch immer jeden Tag „Hallo Deutschland" und „Streit um III" anschauen? Und immer noch bitte ich Rehlein höflich um Erlaubnis, da es mir leicht peinlich ist, das bißchen Zeit, das mir bis dahin auf Erden noch verbleibt, mit dererlei zu veruntreuen.

„Wollen wir Hallo Deutschland schauen, Püréelein?"

„Biddöh??"

„Oder ist dir das zu blöd?" frage ich meine greise Mutti dann.

Wir erfuhren, daß der Effe (ein bedeutender Fußballspieler) ein Buch geschrieben hat, mit dem er nun Millionen zu machen gedenkt. Er und seine maskuline Freundin, Frau Strunz, machten sogar Schleichwerbung für das in pöbeligstem Gossenjargon niedergeschriebene Opus mit Passagen wie diesen hier: „Ich mußte mich ordentlich über die Kloschüssel abhängen um tüchtig zu kotzen!"

Ich als Tochter fühlte mich Rehlein so sehr verbunden, daß mich bei dererlei Geschichten stellvertretend für Rehlein ein Graus vor der modernen Zeit bewegt.

Einmal sah man Königin Beatrix mit ihrer Betonfrisur Stellung zu unerhörten Vorwürfen ihrer Nichte beziehen, und ihre Nasenlöcher sahen zu den in verhaltener Empörung gewälzten Worte geradezu viereckig gebläht aus, da die Königin womöglich log? Sie log ihrem Volk mitten ins Gesicht, und fühlte sich äußerst unwohl dabei.

Der Hof habe eine systematische Kampagne gegen den Ehemann der Nichte geführt, und sei somit verantwortlich für das Scheitern seines Unternehmens. Doch andererseits heißt's ja auch, die Königin habe so viel Geld, daß sie den ganzen Marktplatz mit Silberlingen pflastern könne, wenn sie nur wollte.

Mittags wurden mehrere Töpfe mit köstlichen Speisen aufgetragen: Beispielsweise gelbem Reis mit Mango und Büffelmozzarella, oder rote Beete mit Avocado.

Auf der Graf-Enno-Straße wurde ich vom Nachbarn, Herrn Möller, anjovialisiert. Das mit meinem Konzert wußte er bereits, da es nämlich in der Zeitung zu lesen war – doch auf die Idee, es zu besuchen, würde er in hundert Jahren nicht verfallen, so daß man ihm eigentlich bös sein müsste.

Rehlein las mir aus der „Glücksformel" vor, daß es 19 Arten zu lächeln gäbe – doch nur eine einzige dieser Arten sei echt.

Ich sprach Rehlein darauf an, daß sie neuerdings die Gewohnheit habe, nach ihren Worten, die im allgemeinen einen empörenden oder belehrenden Kern bergen, die Augen solcherart heraus-zuschrauben, als wolle sie damit aussagen.: „Jetzt schautse doof aus der Wäsche, wa?"

Rehlein versuchte es vor dem Spiegel, doch dort schaute es jedesmal ganz anders aus.

Nun aber fuhren wir nach Wiesens. Der Friedhof, in den die Kirche eingebettet ist, gefiel mir so gut, und der warmherzige Pfarrer Stanek hat alle Erwartungen, die ich nach Frau Münchs Schilde-rungen in ihn gesetzt habe, erfüllt.

Zunächst übte ich emsig auf meiner Violine, und Rehlein saß vor der Kirche direkt in meinem Blickfeld in flirrig warmem Sonnenschein und büffelte chinesisch.

Bald darauf begann's, und ich legte los:

In der Pause umarmte ich mich mit der so umarmungsfreudigen Omi Baumgart, und wir spaßten drüber, daß ihr Enkel Johannes drei Omis hat, die alle drei dem Sinne nach „Inge" heißen:

Ingeborg, Ingrid und Inge. Wobei die Inge, die zweite Frau von seinem Opa ist – eine Dame, die Opas erster Frau, Omi Ingrid, zum verwechseln ähnlich sieht, wie wir nun lachend erörterten.

Mitfühlend erkundigte ich mich nach dem betagten Schwiegersohn George, der demnächst von Göttingen nach Berlin ziehen soll, und dies wo´s doch heißt, man solle einen so alten Mann nicht mehr umtopfen.

Montag, 5. Mai

Blässliche Quellbewölkung

Obwohl Rehlein vor ein paar Tagen vorgeschlagen hatte, daß ich mir nach meinen beiden Konzerten heut einen freien Tag erlauben solle, an dem wir wandern oder radeln gehen könnten, schlug ich das schöne Angebot einfach aus, und erhob mich zu einem Arbeitstag.

Während ich meine Violine auspackte, um einen ersten Spatenstich Richtung Fleiß zu tätigen, dachte ich über die Stephanie, das Fräulein im Hause gegenüber nach, das in seinem Berufsalltag regelrecht gefangen ist.

Ob sie daheim wohl Kostgeld abgeben muß?

Heute war das süßeste Rehlein so bezaubernd, wie es eben nur Rehlein sein kann, und davon wurde auch meine Laune in die Höhe geschraubt, so daß ich mich beim Frühstück – abgesehen von den häßlichen Nackenschmerzen, von denen man nicht weiß, ob sie in eine dauerhafte Invalidität münden – froh fühlte.

Ich erzählte Rehlein von der einen Cellolehrerin, die in Moskau studiert hat, und die morgens früh in der Tankstelle putzt. „Dort habe ich sie schon öfters beobachtet!" sagte ich, und tatsächlich schaut die eine Putzfrau dort ganz ähnlich aus. Rehlein schnitt ein gänzlich ungläubiges Gesicht zu meinen Worten, und konnte es nicht fassen.

Plastisch schilderte ich Rehlein, wie sich die Cellofee in die Putzkolonne einreihen ließ. Sie steht morgens einfach ein wenig früher auf, und wenn ihr Mann Stunden später erwacht, so ist sie doch längst wieder daheim, und die 600 €uro Mehreinnahmen verjubelt man einfach. Von Moskau her ist sie ein hartes Leben gewöhnt. Unsereins kennt so etwas überhaupt nicht.

Dann begann ich mit meiner Karrieretätigkeit, doch zuvor sagte ich noch zu Rehlein: „Jetzt haben wir uns doch wirklich einfach fantastisch verstanden!" weil man ja die Dinge, auch oder gerade die positiven, immer beim Namen nennen soll.

Heute rückte ein Quartett aus vier Baumabsägern an, und der schöne, in Jahrzehnten, wenn nicht Jahrhunderten gewachsene Baum in unserem Garten wurde an einem einzigen Tag einfach abgesägt.

Mein Rücken-Schultern-Hals-Zipperlein wurde mir äußerst lästig. Sogar beim geigen spürte ich´s, und wenn ich da saß und dichtete, dann fühlte es sich an, als würde mein Hals zu Holz – und zwar zu einem Stück Holz, das bei der nächsten Bewegung krachend splittern würde.

Am Abend rief Buz an.
Buz findet das chinesische Buch, das ich ihm geschenkt habe: „Der Chinese mit dem Kontrabass" ganz und gar unglaublich. „So was darfst du mir öfters schenken!" sagte er.

Abends sah ich mit meiner Duschhaube auf dem Kopf aus wie in einem billigen Operettenaufguß vom „Holland-Mädle".

Dienstag, 6. Mai

Zuerst trübe.
Am Nachmittag schien wieder die Sonne

In der Nacht hörte man es derart intensiv dusch-regnen, wie in der Autowaschanlage, so daß meine Bestrebungen, am Morgen zur „Tante Olli" zu radeln regelrecht hinweggeschwemmt wurden.

Dann rupfte mich der Wecker völlig überraschend aus einer anderen Welt: *In unserer Wohnstube saß ein mobiler Zahnarzt, der sogar Hausbesuche zu machen pflegte,* und nun ernst davon sprach, mir demnächst ein kleines aber feines Loch in der Lächelzone stopfen zu müssen.

„Schmerzt es etwa noch nicht?" erkundigte er sich auf strenge Weise. Dem Sinne nach: „Kuno", sagt er, „sieh mich an!" „Das kann nämlich dann sehr schnell passieren!" fügte er eine selbsterfüllende Prophezeiung hintan, so daß ein ganz ungutes Gefühl blieb. Dann retirierte er sich zum Schlafen in Rehleins (!) Schlafzimmer, und ich sehe es noch vor mir, wie sich der Weißkittel aus der Türe hinauswälzte, um bedächtigen Schrittes die knarzenden Treppen in die Höh zu besteigen, und sich schließlich meinem Blickfeld zu entziehen.

Ich wollte mir ein heißes Fußbad gönnen, doch als ich meinen einen Fuß in den Eimer tunkte, bildete ich mir ein, auf einen Blutegel getreten zu sein, so daß ich gar nicht wagte, hinabzublicken, weil ich einen grausigen Anblick voraus assoziierte. Einen schleimigen, riesigen Blutegel. Am liebsten wäre ich in hemmungsloses Wehklagen ausgebrochen.

Rehlein frug mich, wo der Zahnarzt abgeblieben sei.

„Der hat sich oben in deinem Zimmer zu einem Nickerchen hingelegt!" verriet ich, und während ich es noch sagte, fiel mir ein, daß Rehlein dererlei nicht so mag. Einen fremden Herrn in ihrem Bette!

Um neun Uhr begann ich mit dem süßesten Rehlein zu frühstücken. Rehlein erzählte, wie sie heut morgen bereits den Prof. Sellheim auf dem Hammerflügel gehört, und dieses Spiel als völlig überflüssig empfunden habe. Dann steigerte sich meine liebe Mama in einen Rausch über jenen Themenaspekt hinein, daß Buz immer bloß den anderen geholfen habe – zum Beispiel dem wenig sympathischen Sohn vom Hamann oder dem Hamann selber. Ich rang ein wenig mit mir herum, ob ich Rehlein vielleicht höflich darauf hinweise, daß mir Unterhaltungen dieser Art mittlerweile vorkommen, als sei man geistig zum Stillstand gekommen. Ich sagte es dann doch nicht, spürte jedoch, daß ich bedingt durch diesen Gedanken eine pubertäre Einsilbigkeit angenommen hatte.

Um diese unangenehme Einsilbigkeit wieder loszuwerden, rang ich innerlich nach unverfänglichen Sätzen, die man anbringen könnte, doch allesamt schienen sie mir zu plattitüdelig.

Den aufgezeichneten Film „Liebe in letzter Minute", den wir uns eigentlich für den Abend aufbewahren wollten, zupften wir bereits zum Frühstück an: Er handelte von einer Thailänderin, die sich im Flugzeug in einen Deutschen verknallte. Doch dieser Herr hatte bereits eine kühle Beziehungskistenhälfte, die Dinge sagte wie: „Nie wieder Äkonnomi!" und dieses kühle Frauenzimmer bannte uns.

Einmal rief Frau Porzig aus Braunschweig an. Eine Dame, die normalerweise immer grad am Unterrichten ist. Sie erteilt jungen unbeholfenen Klavierschülern eine Lektion, wie das Geklimper im Hintergrund verrät. Heute vergaß sie ihren Namen zu nennen, da sie das Leben in Siebenmeilenstiefeln zu durchhasten pflegt.

„Frau König?" frug sie einfach los, um dann auf hastige Weise zu erklären, daß man für die Konzerte maximal hundert €uro bekäme, da die Kultur in Braunschweig völlig überfrachtet sei. Jeder will Konzerte geben, und die Leute wollen abends ihre Ruhe haben.

Einen Kantoren aus Süddeutschland – Gerhard Brodisch – kannte ich bereits, da ich einst gemeinsam mit ihm das Gehörbildungsseminar von Herrn Reustlen in der Musikhochschule in Trossingen besucht habe.

Ich versenkte mich in die Erinnerung, und vor meinem geistigen Auge tauchte der hausarzartige Herr Reustlen auf und rief ganz enttäuscht und entgeistert: „Herr Brooodisch!" in sanftem, so doch merkwürdig durchdringendem Tadel, nachdem Herr Brodisch als Gehörbildungsschüler offenbar versagt hatte.

Die telefonische Begegnung nach so vielen Jahren erfüllte mich mit einer derart ergriffenen Freude, daß ich die ganze Zeit lang auf welligstem Tross´in´gör schwäääbisch sprach. (Nein! Schwäbisch spricht man nicht – schwäbisch *schwätzt* man.) (Einer schauderhaften Unterform des Schwäbischen – Beleidigung für das Ohr eines jeden feingeistigen Menschen, und so schwätzte nun auch ich!) Im Trossinger Schwäbisch wohnt nahezu jedem längeren Wort ein Schluckauf inne, so daß ich es so notiert habe, wie es zu sehen ist. Außerdem klingt es muffig und ist mit den unsympathischsten Ausdrücken wie beispielsweise „schwätzen" „schlotzen" (ein widerlicher Ausdruck) und „b´schoißö", nur so durchsetzt. Auf diesem sprachlichen Acker kann eigentlich kein Kulturgut gedeihen, und was sich die Verantwortlichen dabei gedacht haben, ausgerechnet dort eine Musikhochschule zu errichten, wird mir ewig ein Rätsel bleiben.

Mittags gab´s Zwirbelnudeln mit Sprossen und Soßen dreierlei Art, und ich fand´s köstlich.

Wieder bat ich das süßeste Rehlein, Herrn Otten bei nächster Gelegenheit zu fragen, wie es die Familie wohl mit dem Kostgeld hält? Rehlein könnte doch beispielsweise sagen: „Wir streiten uns bei fast jeder Mahlzeit um die Höhe des Kostgeldes!" so daß durch diesen vertraulichen Satz die Mauer der Fremdheit niedergerupft wird?

Mittags arbeitete ich schon wieder etwas tröpfelig an meiner Karriere: Ich mußte darüber nachdenken, daß ich mit einem so schönen Angebot an die Kirchen herantrete: Für gar kein Geld ein herrliches Konzert, erstklassisch gespielt, - besser als von nahezu allen hochdotierten Virtuosen. Doch so gut wie nie erntet man spontan ein beglückendes „Au ja!" (Eine Reaktion, die man eigentlich nur von den beiden Spitzengeistlichen Herrn Abel und Herrn Stanek gehört hat.) Doch dann erwischte ich einen sehr netten Pfarrer in Pinneberg, dessen milde Gutmütigkeit mich direkt an den Alfonse in Baden-Baden erinnerte. Bei ihm vermeinte ich, so etwas wie eine überraschte Erfreuung durch den heißen Draht zu vernehmen.

In der Zeitung konnte man heut lesen, wie einem Autofahrer der Stinkefinger zum Verhängnis wurde.

Er wurde behupt, weil er bei grün nicht augenblicklich losfuhr, und zeigte „zum Dank" verärgert den Stinkefinger. Davon zeigte sich wiederum der solcherart Bepöbelte hoch erbost, und rief die Polizei. Die Polizei rückte sogleich dienstbeflissen an, und stellte fest, daß der Herr zu viele Promille im Blute hatte.

Mir ging es, wie so manch einem Arbeitnehmer: Man hat Feierabend, und weiß nichts Rechtes damit anzufangen.

Rehlein rief einfach so, aus Freundlichkeit die einsame Frau Saathoff an.

Hernach wollte Rehlein wieder sinnvoll tätig sein, wurde jedoch zwiefach vom Telefon molestiert, so daß es sich angefühlt haben mag, als habe jemand ein Zipfel ihres Hemdchens erhascht, um Rehlein festzuhalten, und am Löblichen zu behindern.

Zunächst war's die plapperfreudige Monika, die Zeitlang nach uns verspürt hatte, hernach Rehleins Jugendfreund Jochen Zieger. Zwei treuen Seele aus unserem Leben, und man hörte Rehlein fröhlich lachen.

Mittwoch, 7. Mai

Sonnig, mit z. T. fast durchsichtigen,
den Sonnenschein kaum tangierenden
Wolkenteppichen

Heute kaufte ich mir im Traum *ein schönes,
grünspaniges altes Cembalo.* Im Laufe des Tages sollte
ich noch öfters über diesen Traum nachdenken, z.B.
daß es völlig utopisch wäre, daß unsere Reinmache-
fee Frau Meyer eines Tages erzählt, sie habe sich
einfach aus Liebhaberei ein altes, grünspaniges und
malerisches Cembalo gekauft, das jetzt ungenutzt in
ihrem Wohnzimmer herumsteht, denn bei ihnen
verstünde sich leider niemand auf's Cembalospiel,
und um Unterricht zu nehmen, kniffe die Zeit an
allen Ecken und Enden!

Nach dem Aufstehen spinne ich an dem seltsamen
Kriminalfall von Frauke P. weiter: Einer Dame, die
im Verdacht steht, drei ihrer fünf Kinder ermordet
zu haben. Ich stellte mir vor, *wie ihr Mann seine Frau,
nachdem Notarzt und Polizei weg waren, mit Worten
bepöbelte, die der Wahrheit gefährlich nahe kamen: „Du hast
unsere Kind getötet! Gib es doch wenigstens zu!"*

*Eigentümlich war, daß sich Frauke P. gegen diese
ungeheuerlichen Anschuldigung nicht einmal gewehrt hat. Sie
stand nur betreten rum, und ließ sich kampflos von spitzen
Wortpfeilen beschießen.*

Dann erhob ich mich, und kleidete mich langsam
und dröge an – solcherart, als sei ich bereits 87, und

dem Alltag und Leben drumherum eigentlich nicht mehr gewachsen.

„Die freien Tage tun mir gar nicht gut!" dachte ich, und in der Tat war´s so, daß ich heut ganz untüchtig war. Ich fühlte mich an, als hätte ich eine Spritze bekommen, die mir Blei ins Blut gejagt hat.

Den ganzen Tag war ich krampfhaft drum bemüht, einen Termin nicht zu vergessen: Die Teestunde um 16 Uhr bei Frau Lüvers. Doch dann rief Frau Lüvers an: Ihr liebes, dünnes Stimmchen klang schüchtern und verstört wie von der Mireille, und damit mußte sie die Einladung, die ihr soo viel bedeutet hätte, leider wieder absagen, dieweil es ihrer bösen Stief-mutter Anneliese so schlecht ging. Gestern fing es damit an, daß die alte Dame ganz quengelig und unleidlich wurde.

Emsig und gleichsam vergebens suchte ich an einer wichtigen Telefonnummer herum, und kam dabei geistig zum völligen Stillstand.

Und mitten in diesen geistigen Stillstand hinein kam meine neue Bratschenschülerin. Wie schon so oft unterrichtete ich etwa doppelt so lang wie abgemacht, da der Unterricht wie alle Tage zu mindestens 50% mit Hausfrauengeplauder durchsetzt war. Wir arbeiteten an der musikalischen Substanz der Arpeggione-Sonate, und ich brachte der Maria die nötigsten dirigentischen Gesten bei, und sprach davon, wie sie das Werk absatzweise auf eine Qualität solcherart trimmen solle, daß man es ohne rot zu werden dem NDR-Kultursender anbieten dürfe.

Die Maria – ohnehin immer fröhlich - wurde von dieser Idee noch fröhlicher, da man als Laie gar nicht auf solch eine Idee gekommen wäre. Ist sie aber erst einmal eingepflanzt, so scheint es einem plötzlich ganz einfach, sie zu realisieren.

Nachdem die Stunde verklungen war, bereitete ich meiner neuen Freundin ein Caféhausvergnügen der ersten Güte: Café Cointreau mit Sahne und Schokoraspeln, und zart angeschmolzenem köstlichem Milka-Eis der Firma „Cremissimo". Dazu sprachen wie verbindend über´s Abnehmen, und ich erzählte von Ute M.s Eheschließung mit einem sehr sonnigen Herrn: Taucht er aus dem Treppenhaus in die Höh´, so ist dem Gast zumute, als ginge die Sonne auf...

Die Vorgeschichte von Ute M.s Eheschließung:

Ute M. lebte im Erdgeschoss eines adretten Mietshauses in Winnenden. Durch das Fenster ihrer Schlafstube schaute sie auf ein Café in einem malerischen Fachwerkhaus drauf. Fleißige Hände hatten eine Schiefertafel mit der launenhebenden Aufschrift:

Täglich frischer Apfelstrudel mit Sahne angebracht.

Ute M.´s hatte eine gute Arbeit als Lehrerin in der örtlichen Musikschule, die ihr sehr viel Freude bereitete. Guter Verdienst, liebe Schüler, nette Nachbarn und viele Freunde. Ihr Leben schien perfekt, und nur noch eines fehlte zu ihrem Glücke: Eine eigene Familie. Also gab sie eine Anzeige im örtlichen Tagesblatt auf – und da Ute M. gerne in vorgefertigten Worten sprach, mag die Anzeige etwa so geklungen haben:

Welcher Märchenprinz katapultiert mich, 30, junggeblieben, gutaussehend NR. 90 – 60 - 90 gepflegt, kulturliebend, reiselustig und allem Schönen gegenüber aufgeschlossen auf Wolke Sieben?

Nach Sichtung der zahlreichen Zuschriften blieben drei Herren übrig, mit denen sie sich an drei aufeinanderfolgenden Abenden zu einem zwanglosen Kennenlernen in der Pizzeria verabredete.

Bereits nach dem ersten Treffen mit einem Herrn namens Christian kehrte sie beschwingt und glücklich zurück. „Ich glaube, ich habe meinen Mr. Right gefunden!" vertraute sie ihrem Tagebuch in Worten eines modernen Frauenzimmers an. „Er ist Bäcker von Beruf und verspricht, mich mit feinstem Backwerk zu verwöhnen – Herz, was willst Du mehr?!"

In einer Mischung aus Höflichkeit und Neugierde traf sie sich am folgenden Abend mit dem nächsten Kandidaten: Holger, 27, aus Winterbach.

Überglücklich kehrte sie auch von diesem Treffen heim: „Oh je! Das mit Christian wird wohl doch nichts – so lieb ich ihn auch gewonnen habe…" vertraute sie ihrem Tagebuch an, „denn nun habe ich meinen Mr. Perfect getroffen! Ein Prachtexemplar – und wie er küssen kann! O là là! Er ist Juwelier von Beruf, und sagt, daß er mich mit Ohringen, Ketten und Geschmeiden behängen und verwöhnen wird!"

In einer Mischung aus Neugierde und Höflichkeit traf sie sich am darauffolgenden Abend mit dem dritten Kandidaten: Martin, 28 Jahre alt. Und DER war´s!

Martin ist zwar nur ein simpler Schalterbeamter in der Leonsberger Sparkasse, doch bei einer solch großen und glühenden Liebe, die eingeschlagen hat wie ein Blitz, hätte er auch Kassierer im Supermarkt sein dürfen, und Ute M. hätte ihn auch dann, ohne mit der Wimper zu zucken, geheiratet.

Keine Sekunde bereut!

Ferner erzählte ich die Geschichte von einem Maulwurfhügel der sich eines Tages auf dem Kopf unserer Kusine Linda gebildet hat, und sich durch ihre goldenen Locken hindurch arbeitete.

Die Geschichte klingt so unglaubwürdig, daß ich eine regelrechte Scheu davor verspüre, sie niederzutippen. Ich möchte dem Leser jedoch glaubhaft versichern, daß es sich so und nicht anders zugetragen hat:

Die Linda suchte einen amerikanischen Spezialisten auf, der sie von diesem Übel befreien möge – doch der Spezialist riet davon ab, den Hügel zu entfernen: „Der wächst augenblicklich nach!" prophezeite er. Wenig später bekam die Linda eine unverschämte Rechnung für die medizinische Beratung. Dann besuchte sie uns in Aurich, und unser Nachbar, der Schönheitschirurg Dr. Sch. aus den Niederlanden hat den unschön aussehenden Hügel sofort entfernt, und gar nichts dafür haben wollen, weil er es aus Freundlichkeit - als guter Nachbar - gemacht hat. Und anders als von berufener Zunge in Übersee verkündet, wuchs der Hügel bis zum heutigen Tage nicht nach.

Mitten in diese Erzählung hinein kehrte Rehlein nach Hause.

Rehlein hatte uns köstliche Brezeln gekauft, und mit viel Butter bestrichen. Genußfreudig knabberten wir daran herum, und Rehlein wärmte die Erinnerung auf, wie die Uroma aus Stuttgart stets die allerleckersten Brezeln mitbrachte, so daß man dem Besuch der alten Dame in doppelter Freude entgegenzusehen pflegte. Der Opa wiederum zeigte seinen Kindern, wie man die Brezeln fingerdick mit Butter bestreichen solle.

Nur so schmüken sie wirklich!

Nachdem unser Gast sich verabschiedet hatte, wollten Rehlein und ich zu einem Spaziergang aufbrechen.

Draußen vor der Türe putzte mir Rehlein mein Rote-Beete-Bärtchen vom Gesicht ab, als der Heizungsmonteur Herr Eilerts zu Besuch kam. Er brachte Rehlein die Benutzungsbroschüre und erbot sich hinzu nett, uns Damen eine Lektion in der Heizungsbenutzungskunde zu erteilen.

Zuerst sagte Rehlein: „Wir müssen eigentlich dringend weg!" Doch dann besann sich unsere Mama ohne erkennbaren Grund um, und Herr Eilerts durfte nun doch mit seinem Vortrag beginnen. Er tat´s rührend und mit viel Pathos in der Stimme, und ein bißchen stellte ich – nach außen hin die normale Erwachsene spielend – mir vor, das sei mein Ehemann. Stolz blicke ich auf ihn drauf, und da ich nicht wußte, wie er heißt, nannte ich ihn kurzerhand „Lothar".

„Lothar ist ein rechter Experte!" dachte ich froh.

Etwas, worüber Rehlein und ich beim Losspazieren nun sprachen. Wir sprachen auch viel über den Bauzeichner Kruse, der gestern so nett gewesen sei. Ich stellte uns vor, wie *Herr Kruse abends zuhause sitzt, und im Buch „Tod als Chance" liest, das ihm gute Freunde geschenkt haben. Dadurch, daß Herr Kruse schon etwa* (so Rehlein) *56 Jahre alt ist, wird's schwierig für ihn, noch eine Frau zu finden,* und so sprach ich über seine Einsamkeit, und machte Rehlein vor, wie vielleicht mal seine Schwester aus Osnabrück anruft?

„Na Bruderherz? Alles in Butter?"

Herr Kruse erinnert Rehlein so an den Auricher Sänger Ernst H., und so sprachen wir über dessen

Sohn Thomas, der einst als Junggeiger bei Rehlein in die Lehre ging. Ich sprach über dessen Rückenleiden, und schilderte Rehlein plastisch, *wie er als dritter, und daher leicht überflüssiger Sohn der Familie H., zu Beginn seiner Laufbahn als Mensch einst in hohem Bogen vom Wickeltisch fiel. Mutti H. bekam davon einen noch verhuschteren Ausdruck ins Gesicht, als den, den sie ohnehin trug.*

„Hoffentlich erfährt mein Ernst das nie!“ hoffte sie.

„Was is 'n nuuu scho wieder los!“ brummte ihr Ernst auch alsbald übellaunig, als der Säugling schon wieder so durchdringend lärmte.

„Irgendwie Blähungen oder sou“, meinte Mutti H. ganz verhuscht.

Rehlein und ich setzten uns auf ein kleines Bänkchen und schauten auf's Wasser. Dann sahen wir gar einen Otter. D.h., zunächst sahen wir nur eine dreieckig verlaufende Schwimmspur, und wunderten uns, wo die hinzugehörige Ente sei?

Donnerstag, 8. Mai

Teilweise sonnig, und dann wieder
grau-bläulich bewölkt

Am Morgen träumte ich, *daß ich mit Buz einen Supermarkt besuchte, um für ein großes Galadinnée einzukaufen.*

Nach einer gefühlten Ewigkeit verließen wir den Laden, und staunten nicht schlecht: Es herrschte ein warmer

43

Sommerabend, und wir befanden uns vor der Arena in Verona. Hatten wir nicht soeben das Combi-Portal von Aurich durchschritten? Und nun? Wo immer man auch hinblickte: Römisches Gemäuer (meist kaputt). Und überall liefen Leute herum, die viel jünger waren als ich. Schick herausgeputzt, und viele trugen ein Opernglas bei sich.

Dann erhob ich mich in einem Schwapp zum Tagesgeschehen, und radelte zur „Tante Olli“.

Tresendame Rita ist zwar sehr nett zu mir, und hatte den Kaffee bereits wie selbstverständlich eingeschenkt, doch letztendlich zählt sie zu jenen Frauen, die nur den Männern hinterherschauen, so daß man sich als Gast in ihren Sinnen eher überflüssig bedünkt.

Der alteingesessene Stammtischbruder Jens-Peter hingegen kommt gar nicht mehr – solcherart, als habe die Rita ihm klargemacht, daß zwischen ihnen nichts laufen könne? Na, mir kann´s recht sein.

Ich frug mich, ob sie, mit ihrem deprimierenden Übergewicht, wohl sehnsuchtsvoll auf „den Richtigen“ wartet?

Zu diesem Gedanken schlug ich die Zeitung auf und las, daß auf millionen Rentner ein Schock warte:

Irgendeine Politikerin plane nämlich im nächsten Jahr eine Rentenpause.

Die Zeit, in der Rehlein morgens im Bett ihren Roman hört, nutzte ich zum Vorpausieren, und schaute „Hallo Deutschland“:

Heute kam ein Beitrag über den Prozessauftakt in Kiel um den Mord an der 16-jährigen Jennifer aus

Neumünster, die ein hübsches und freundliches junges Mädchen gewesen sei. Ihr Vater Heinz ließ sich gar ihr liebliches Bildnis auf sein Schulterblatt tätowieren, und dabei vermeine ich mich zu erinnern, daß das gar nicht ihr echter Vater ist, so daß es ihm natürlich zustand, heimlich ein Auge auf sie geworfen zu haben – mehr noch, wahrscheinlich hatte er ihre Mutti nur aus jenem Grunde geheiratet, um der Angeschmachteten näher zu sein?

Eine Tragödie in vieler Hinsicht!

Ferner stellte man die kleine Mandy vor, die mit neun Jahren bereits ihren ersten Schlaganfall erlitt, und den sehr sympathischen Charakter einer reifen und gebildeten Frau hat. Leider ist sie durch das viele Cortison ein bißchen dick geworden, und beim Lächeln schaut sie ganz schief aus. Doch durch ihren Fleiß schaffte sie es bald, schon wieder eine der Besten in ihrer Klasse zu werden.

Heute bekam ich eine kleine Resonanz für meine schier übermenschlichen Bemühungen, Konzerte herbeizuschaufeln, wenn´s zwar auch nur ein Zweizeiler vom Pfarrer Appelstiel ohne eindeutige Kernaussage war. Man habe meine Unterlagen dem Kunst- und Kulturkreis weitergereicht, und wenn ich diese Stelle in fünf Jahren lese, da lach ich vielleicht, und denk: „und dann verstaubten sie dort!"

Nachtrag 2022: und genau so war´s!

Mit großer Motivation schrieb ich einen Brief an die Albert-Schweizer-Kirche in Norderstedt, und auf den Flügeln der Karriereaktivitäten getragen, rief ich Rehlein fröhlich zu: „Ich fühle mich so sekretärinnenhaft an!"

Hierzu muß erzählt werden, daß Buz mir früher oft schelmisch damit gedroht hatte, ich würde noch als Sekretärin enden, wenn ich nicht gescheit Geige übe und seine guten Lehren nicht befolge.
Vor meinem geistigen Auge leuchtete zu seinen wachrüttelnden Worten sodann eine vertrocknete und bezwickerte Nelke an der Schreibmaschine auf. Doch die Jahre, in denen ich dann als Vorzimmerdame bei irgendeinem zwielichten Chef tätig sein würde, schienen mir damals in unermesslich weiter Ferne zu liegen.

Wenn das Mittagsessen servierbereit ist, wartet das aufmerksame Rehlein stets auf rührende Weise ab, bis ich auf meiner Violine einen Satz zuende gespielt habe, um mich dann so freundlich mit einem warmherzig eingefärbten „Kikalein!" zum Mittagsessen herbeizurufen.

Und dann ist es für mich stets eine freudige Überraschung, was wohl heut serviert werden mag?

Heute gab´s Kartoffeln, warmes Sauerkraut und hinzu hatte Rehlein extra feine Schinkenwürfel gekauft und drübergestreut, um den Genuß zu vervollkommnen.

Am Nachmittag rief mir Rehlein zu, daß der Kaffee fertig sei. Doch unten war´s ganz still und leer im Hause. Im Wohnzimmer stand das Fenster offen, und es wirkte seltsam – so, als wäre Rehlein entflogen.

Neben der dampfenden Kaffeekanne hatte Rehlein allerdings einen Zettel angebracht.

Einen kurzen Moment lang fühlte ich mich wie ein Ehemann, der auf die Kaffeekanne zutritt, und dort einen Zettel mit der Aufschrift „Ich verlasse Dich!" vorfindet. Doch auf meinem stand zu lesen: „Kikalein, schau doch mal aus dem Küchenfenster!" Im Garten sah man Rehlein an jener Stelle, wo früher der Baum stand, gemütlich auf einer Matratze liegen, und durch das viele Holz drumherum wirkte es direkt so, als würde Rehlein im Dschungel relaxieren.

Freitag, 9. Mai

Blau-verquollen und doch wirkte es lieblich

In der Zeitung stand geschrieben, daß man jetzt ganz leicht berühmt werden könne. Es funktioniert folgendermaßen: Dieter Bohlen will ein neues Buch schreiben (die Fortsetzung seines Bestsellers „Nichts als die Wahrheit"), und wenn jemand in diesem Buch Erwähnung findet, so wird er automatisch gleich berühmt.

Dieter B.: „Sie besuchen mich in meinem Haus in Tötensen, wir öffnen eine Buttermilch und reden. Sogar eine Liste zum ausfüllen, ausschneiden und absenden war dem Blatt beigefügt, und Fragen wie diese galt´s zu beantworten: „Ihre größte Sexpanne?"

„Was würden sie machen, wenn sie berühmt sind?"

„Warum glauben Sie berühmt werden zu müssen?"

Zum Frühstück schauten Rehlein und ich einen Fall von Richter Guido Neumann:

Er handelte von einer Kartenlegerin, die beinah eine Ehe zerstört hätte, so daß der Ehemann („Ich liebe meine Frau, und würde sie nicht im Traum betrügen!") naturgemäß stocksauer auf die Kartenlegerin war. Richter Guido N. wirkte etwas grantig und schlecht gelaunt.

Um zehne begann ich wieder mit meiner Karrieretätigkeit:

Herr Fröschle aus Vaihingen an der Enz war sehr freundlich, ließ jedoch durchblicken, daß es schwierig würde, die Gemeinde dazu zu bewegen ein Konzert zu besuchen.

Mittags stand ich am Fenster und übte gewissenhaft mein Freitagsprogramm. Als die Stephanie nicht wie gewohnt um 12:40 vorfuhr, machte ich mir natürlich meine Gedanken.

Ich stellte mir vor, wie *Frau Otten um 13 Uhr die Polizei ruft, um zu sagen, daß ihre dreißigjährige Tochter seit zwanzig Minuten überfällig sei.*

„Finden Sie das nicht ein bißchen übertrieben?" frägt Oberpolizeimeister Bußkohl.

„Nein. Unsere Tochter ist krankhaft pünktlich und äußerst pedantisch. Verspätungen duldet sie nicht. Alles was sie tut, macht sie auf die Sekunde pünktlich. Sie hasst

Unpünktlichkeit wie die Pest. Seit 14 Jahren fährt sie ausnahmslos täglich um 12:40 vor. Wenn sie morgens das Haus verlässt, so pflegt sie zu sagen: „Wenn ich um 12:40 nicht vorfahre, so bin ich tot!"

„Ja, dann sollten Sie vielleicht lieber das Bestattungsinstitut informieren?!" schlägt Herr Bußkohl, der für seine praktische Ader bekannt ist, vor.

Rehlein kratzte ganz zag und leis an meiner Türe um mich nicht zu stören, und lud mich so nett zum Mittagessen ein. Es gab Fisch, und hinzu köstliches Sauerkraut mit Äpfeln.

Rehlein wird zuweilen von Bedauerungswogen für Frau Lüvers beschwemmt, die nun auf unabsehbare Zeit an ihre uralte, bitterböse Stiefmutter Anneliese angekettet ist, - solcherart als würde man mir in 25 Jahren die Vormundschaft für das böse Uschilein antragen?

Frau Lüvers sei ganz unglücklich, denn wenn sie uns nun zum Kaffee einlädt, und die Anneliese sich wieder so abscheulich benähme wie gewohnt, dann kommen wir am Ende nie wieder?

Rehlein machte den Vorschlag, Frau Lüvers ein Blümchen vorbeizubringen, um sie ein wenig aufzumuntern, und als potenzielle Besucherin verwandelte sich Rehlein vor meinem geistigen Auge in Lila Crane aus „Psycho", und ich sah es vor mir, *wie Rehlein das Haus in der Fockenbollwerkstraße betritt und mehrfach: „Mrs. Bates??!" bzw. natürlich „Frau Ohm!" ruft. Tatsächlich: In einem Ohrensessel sitzt eine verschrumpelte*

Gestalt – doch dann bekommt Rehlein einen Schreikrampf:
Unter der wärmenden Haube befindet sich ein Totenkopf!

Diese schaurige-wohlige Vorstellung nahm ich in den Außendienst mit, und wer hätte gedacht, daß ich heut direkt vor der Post Frau Rautenberg mit ihrem hohen blauen Hütchen auf dem Kopf treffe?

Frau Rautenberg setzte sich zu einer kleinen Plauderei auf ihren Rollator, so daß es gewirkt haben mag, als habe man einen Stuhl dabei, und setze sich mitten im Carolinenhof drauf, um ein bißchen zu relaxieren.

Ich war recht gütig und lachte nett, obwohl ich es schon ein bißchen bereute, sie angesprochen zu haben, statt eiligst in einer Seitengasse zu verschwinden.

Bei Frau Rautenberg gibt es ein umgekehrtes Problem als bei den meisten überfälligen Senioren in der Vorstufe zum Moribundentum: Sie redet so leise, daß man sie kaum versteht. Ich trichterte die Ohren so gut ich konnte, und alles was sie erzählte, klang leicht verbittert. Worte aus der Perspektive der Rückblicksphase. Beispielsweise erzählte sie, daß unlängst eine liebe Freundin starb.

Frau Rautenberg pflegt ihre allerliebsten sechs Freunde zum Geburtstag einzuladen, dieweil sie nur sieben Stühle hat. Doch beim letzten Mal blieb ein Stuhl leer, und so macht sich das alte Knochengerüst jetzt Gedanken, mit wem sich der leere Stuhl in Zukunft wohl ausfüllen ließe? Eventuell mit mir oder meiner Mutti? Gleichzeitig philosophierte die alte Dame etwas wirr und altersparanoid über jenen

Themenaspekt, daß sie immer ihre Schränke absperren muß, bevor der Besuch kommt.

Als ich ganz langsam an der Stadtbibliothek in eine Seitengasse einbog, wäre ich beinah mit einem flott daherradelnden Asiaten kollidiert. Ein vorbeiflanierender Senior zischte vor Entsetzen. Doch außer einer Vollbremsung geschah nichts.

Wenig später saß ich an meinem Stammtisch im Zentralcafé. In der BUNTEN las ich einen Artikel darüber, daß Anne-Sophie Mutters Ruhm bröckele.
Der dümmliche und völlig inkompetenter Journalist Otten (ein roher Tankwartstypus) schrieb das dümmste Zeug, das man sich überhaupt nur vorstellen kann: Z.B., daß André Previn ein mittelmäßiger Musiker sei, der „ebenmal zum Frühstück" ein Violinkonzert schrieb. Und ich bin sicher, daß der dumme Journalist Otten nicht *einen* Ton aus diesem Violinkonzert singen könnte.
In der „Neuen Revue" las man über Tatjana Gsell, eine Variation von Verona Feldbusch aus Nürnberg, die ihren Mann, einen Multimillionär und Schönheitschirurgen einfach ermorden ließ, weil sie seiner überdrüssig geworden war, und das Geld allein verjubeln wollte.

Rehlein war heut bereits zum zweiten Male mit ihrer neuen Freundin Dorothea Möller beim Walken, und hatte erfahren, was die Stephanie arbeite: Sie arbeitet in einer Bank! Aber auch die Ina arbeitet bereits: Ihr Papi konnte sie als Kaffeekocherin im Autohaus unterbringen. Ein Anfang ist somit gemacht!

Verbindend unterhielt ich mich mit Rehlein darüber, daß eine Arbeit in der Bank im Grunde unerträglich sei. Die Zeit rinnt, und man sieht nicht, was man getan hat. Wichtige Zettel, die man vielleicht ausdruckt, landen in Aktenordnern, die nur ungern zur Hand genommen werden. Manche werden gleich dem Altpapier überantwortet.

Täglich schwebt man in Gefahr, Opfer eines Bankraubs zu werden.

Und doch müssen Bankangestellte immer ausschauen, wie aus dem Ei gepellt.

Samstag, 10. Mai

Vorwiegend schön sonnig.
Am Nachmittag ganz besonders zauberisch, so daß man das Rad der Zeit am liebsten angehalten hätte

Ich träumte, *daß das Jade-Quartett in herber Wetterlage in einer Fußgängerzone zusammen mit dem Kontrabassisten Albrecht Winter das Schubertquintett spielte. Einmal gab Albrecht Winter, in Schwung und Leidenschaft geraten, derart Gas, daß die Anderen kaum mitkamen. Das Spiel, das zunächst nur so dahingeplätschert war, wurde derart intensiv und leidenschaftlich, daß mir Tränen der Begeisterung ins Auge traten.*

Hernach entfernte ich mich vom Geschehen, tauchte in der Anonymität unter und verschwand. Ich hörte auch noch, wie der Wembo „Kika!" rief, Doch auf typisch erwachsene Weise drehte ich mich nicht mehr um, und tat so, als habe ich den Ruf überhört.

Später kehrte ich dann doch wieder, und in einer spitzen Tüte befanden sich Zitronenbällchen, die ich bei HUSSEL gekauft hatte. Diesmal schmiegte ich mich – einer leicht verruchten Frau nicht unähnelnd - an den Wembo, und hatte eine Ausstrahlung jener Art, als erwarte ich nun einen leidenschaftlichen Kuß. Doch der Wembo küsste mich aus Referierungseifer nicht, sondern begann gleich loszureferieren:

Er habe sich Gedanken gemacht, was ich bei meinen Interpretationen der Werke von Bach, Mozart und Elgar dringend verbessern müsse: „Man müsse sie nämlich mit Herz spielen!" rief er solcherart, als wäre diese Erkenntnis völlig neu!

Dann erhob ich mich, und konnte in verunschärfter Form sehen, wie die Briefträgerin in unser Grundstück einbog.

Ein Brief aus Grebenstein war gekommen.

„Die Omi ist gestorben!" impfte ich mich gegen das Unvermeidliche vor, doch es handelte sich um eine Einladung für Buz zur goldenen Konfirmation.

Beim Frühstück erzählte Rehlein von einem ihrer heranreifenden Schüler, der sich taufen ließ.

„Unter uns gesagt: Nur wegen den Geschenken!" sagte Rehlein hinter vorgehaltener Hand in einer verbindenden Mischung aus Belustigung und leichter Empörung, und schraubte zu diesen bedeutsamen

Worten die Augen heraus – eine Geste Rehleins, der ein „nun geht meinem Gegenüber wohl ein Lichtlein auf!" innewohnt.

Mir aber gefiel der Gedanke, daß sich jemand an schönen Geschenken erfreuen kann.

Um elf Uhr saß ich beim Friseur im Carolinenhof und las in der „Gala" einen Report über den berühmten Dirigenten Kent Nagano und seine kleine Familie:

Verheiratet ist der japanisch-stämmige Amerikaner mit einer Japanerin, die nach einem besonders köstlichen Sushihäppchen benannt wurde: Maki. Maki sei eine einzigartige, begnadete Konzertpianistin, dir rund um die Uhr auf dem ganzen Globus unterwegs ist, um die Musik in die Herzen zu tragen: Heute Tokyo, morgen L.A.! Ferner habe man ein süßes vierjähriges Töchterlein namens Karin.

Obwohl die japanischen Vorfahren von Kent Nagano vor über hundert Jahren nach Kalifornien ausgewandert sind, ist die kleine Karin durch großen Zufall eine hundertprozentige Japanerin geworden. Als Einzige bringt sie, da sie ja noch so klein ist, ein kleines bißchen Unordnung in die ansonsten so piccobello aufgeräumte Wohnung, da der Kent ein großer Ordnungsfanatiker ist. Das Ehepaar wohnt in einem prachtvollen Altbau in Paris, und die kleine Karin wird von liebevollen Kindermädchen großgezogen.

Mittags hatte Rehlein gekocht:

Es gab Zwirbelnudeln, Sprossen und drei Würsteln, und die Würsteln schmeckten mir am allerbesten.

Nach dem Essen machten wir eine kleine Wanderung nach Wallinghausen, um uns die Kirche anzuschauen, in der am Abend das Ostfriesische Kammerorchester konzertieren würde.

Wir liefen auf verschlungenen Pfaden hinter dem Krankenhaus in ruhige Vorortgegenden hinein, wo gepflegte Häuser stiller, unauffälliger Bürger stehen, die man vielleicht noch nie gesehen hat, da sie jeden Weg mit dem Auto zurückzulegen pflegen?

Ich hatte das Gefühl, dank Rehleins Wanderlust nun fast alle Stadtteile von Aurich zu kennen.

„Hier wohnt Frau Berke!" rief Rehlein aus, und interessiert erkundigte ich mich, wo wohl die Seibolds leben? „Oh, ganz wo anders!" lachte Rehlein – „im entlegensten Stadtteil Sandhorst – ganz am Ende der Ostfriesischen Republik!" Und mir kam es direkt vor, als spräche man über eine Familie in einem fernen Kontinent.

Bald darauf kamen wir auf einen ländlichen Weg, und ich geriet in Plauderschwung, und nutzte einen Zweig aus der so reichhaltigen Großmannschen Familiensaga, um ihn Rehlein lustvoll zu erzählen:

Wie sehr die Inga darunter leide, daß ihr von Seiten ihrer Mutti eigentlich nur Unverständnis, verbunden mit kühlem Desinteresse entgegenschlägt.

Ich schilderte Rehlein detailliert, wie es ist, wenn die Inga ihre Mutti anruft, und einen Besuch ankündigt: Sogar das unverständliche Gemurmel von Stiefvater Berti im Hintergrund fand Einlass in diese Erzählung.

„Ach so? Wann wollt ihr denn kommen, und wie lange bleibt ihr? Das passt mir eigentlich nicht so recht, muß ich ehrlich sagen…"

„Ich bin doch deine Tochter!"

„Aber du bist erwachsen! Bert und ich leben jetzt *unser* Leben, und sind ehrlich gesagt froh, daß die Kinder aus dem Hause sind!"

Ruft jedoch der Achim an, so reagiert die in diesem Falle zur Schwiemu mutierte Mutti dadurch, daß sich am anderen Ende der Leitung nun ein *Herr* befindet, etwas frischer. („Ich hab´s notiert!")

Nach einer Weile blitzte uns die Kirche entgegen, und von dem schönen Friedhof, in den sie hineingebettet ist, war ich regelrecht hin und weg. Meine Augen saugten sich an der Kirchentüre fest, und gebannt lauschten wir dem Geprobe für das abendliche Konzert. Doch es hörte sich staubig und blutleer an, so daß ich auf dem Heimweg nicht müde wurde, leicht demütigend verhohnepipelnd herumzusingen, und Fragen dererart aufzuwirbeln, warum es das Ostfriesische Kammerorchester „so" und nicht „so" spiele?

Ich erzählte Rehlein frei aus der Erinnerung heraus, wie das Kläuschen nach dem Konzert von Antjes Kammerorchester ganz laut gesagt hat: „Schätzchen, ihr habt sehr schön gespielt – dafür, daß ihr Laien seid!" Neun Jahre danach schüttelte sich Rehlein zu diesen Worten, die doch so liebevoll gemeint waren. Das hätte sich das Kläuschen ja auch nicht träumen lassen: Daß sich neun Jahre nach einem spontanen Ausruf jemand viele hundert Kilometer entfernt über seinen Ausruf schüttelt?

Ich zog einen seelischen Aufschwung aus dieser Plauderei.

Bei uns daheim lag das „Profil" herum, und ich empfand diese Zeitung, die meist nur achtlos weggeworfen wird, als sehr interessant. Man las beispielsweise einen Artikel über den Spielhöllen-mord an einer Dame in Wahrsingsfehn kurz vor Neujahr 2002. Dimitri Ch., 29, gebürtig aus Kasachstan war´s! Der einfühlsam geschriebene Artikel bewirkte, daß man als Leser ein bißchen mildere Gefühle für den armen Sünder mobilisieren konnte. Es hieß, er sei sehr schüchtern. Über seinen Dolmetscher ließ er ausrichten: „Ich bin Abschaum!" Kein Geld – keine Arbeit – zwangsumgetopft in ein fernes Land, das einem eine kalte fremde und abweisende Miene zeigt. Ein Land, in das man gar nicht hineinpasst.

Um die Leere seines Lebens zu tangieren, trieb er sich in der Spielhölle herum, und dort verspielte er auch noch die 300 €uro, die eigentlich seinen Eltern gehörten, und die er doch auf die Bank tragen sollte.

Rehlein und ich schauten „Leute heute".

Man sah beispielsweise Königin Silvia auf einem Empfang, und sogar ihren Bruder Jörg lernten wir Zuschauer kennen. Seine Schwester als „Ihre

Majestät" zu bezeichnen käme ihm allerdings nicht in den Sinn, erzählte er dem Reporter mit einem Augenzwinkern.

Abends radelte Rehlein in schönstem goldgelben Sonnenschein zum Konzert nach Wallinghausen, und ich vermisste Rehlein von der ersten Sekunde an.

Sonntag, 11. Mai

Sonnig. Allerdings etwas stickig,
und hie und da abherbende Wolkenschichten

Am Vormittag übte ich sehr intensiv „Baal Shem", ein Werk von Ernest Bloch, das ich heimlich für nur „pseudogenial" halte, auch wenn es Einen gewiss nicht kalt lässt. Hier sind die Interpreten gefragt, den Schmerz, der dem Werk innewohnt überzeugend darzustellen. Wenn in den Noten „Lamento" zu lesen stand, dachte ich an Rehlein, da Rehlein ja auch so gerne lamentiert.

Später lamentierte Rehlein noch sehr über mein Bett, das beim Ausschütteln ungeheuerlich stäubte.

Mittags waren wir sehr auf das Ehepaar Röbel eigestimmt, das zu besuchen Rehlein Herrn Röbel gestern versprochen hatte, - allerdings mit Vorbehalt. „Eigentlich hätten wir ja einen Termin…" hatte Rehlein vor Schreck über ihre eigene Courage vage angedeutet, und widmete diesen „Termin" nun einfach in einen Besuch bei Frau Saathoff um, den sie eigentlich hätte tätigen wollen oder sollen?

Rehlein sagte mir viel, was ich den Röbels sagen solle, und erwachsenengemäß, bzw. wenn man es streng nähme, so waren dies lauter Unwahrheiten.

Ich benahm mich milde und einfältig: „Ach, du hast einen Termin abgesagt?" frug ich auf Art vom Opa.

Rehlein enttäuscht prinzipiell nur sehr ungern, und seit ewigen Zeiten liegt ihr Herr Röbel damit in den Ohren, daß sie zum Tee kommen möge. Doch Rehlein hat Angst davor, daß er auf seine unter-schwellig arrogante Art über Opas „Alternative Bibel" zu referieren beginnt – und auf „Gespräche" dieser Art pfeift Rehlein aus tiefster Seele.

Mittags rief Buz an.

Buz hatte das wunderschöne Muttertagsgedicht, das er seiner Mami letztes Jahr noch auswendig aufgesagt hatte, weitestgehend vergessen, da er damals gedacht hatte, er bräuche es gewiss nicht nocheinmal, und es somit auch niemals mehr repetiert hatte.

Ich frug Rehlein, wie sie wohl reagieren würde, wenn Ming den Muttertag vergäße, und verstand Rehlein diametral miss. Ich dachte, Rehlein hätte gesagt: „Das fände ich nicht so schön!" Doch Rehlein hatte „nicht so schlimm" gesagt, da Ming ja praktisch das ganze Jahr über ein wundervoller Sohn ist, und der Muttertag doch eher für solche Menschen gedacht ist, die das ganze Jahr nicht bewusst über ihre Mutter nachdenken.

Um 15:44 Uhr traten wir den langen und steinigen Fußmarsch zum Pfarrer Röbel in den Pappelweg an.

Bald schon machten wir es uns im Röbelschen Wintergarten bequem, und versuchten uns wie zuhause zu fühlen.

Herr Röbel zeigte eine nervtötende Seite seiner Persönlichkeit: „Straßennamen aufzuzählen". Man muß nur fragen, wo genau seine Tochter in Bonn lebe, und wie in der Geschichte vom gekochten Brei findet Herr Röbel bei seinen Aufzählungen kein Ende mehr:

„Ecke Brandenburger/Oberlausitzerstraße links runter, Richtung Kronjuwelenstraße – vorbei am Willi-Brandt-Weg, dann links in die Helmut-Schmidt-Straße, bis zur Kennedy-Allee...." Den ganzen Stadtplan schien er herabzuleiern, und ob´s stimmt konnte man ja gar nicht nachprüfen.

Ich frug mich, ob dies womöglich ein Vorbote des Alters ist? Frau Röbel schenkte Tee ein, und die Muster, die durch das Sahnewölchen entstanden, sahen alle so interessant aus, daß ich einen Vorschlag machte, damit einen Fotoband zu füllen. Dann hat man ein Geschenk zum weiterschenken.

Die Ehe der Röbels scheint mir äußerst ranzig, wie man unentwegt spüren konnte.

Einmal sprachen wir über die ehemalige Gymnasialdirektorin Frau Dorn, die heute vormittag einen Empfang anlässlich ihres 80. Geburtstags gegeben hatte. Wir erfuhren, daß sie an Krebs leide, und ihre Tage gezählt seien. Das alte Knochengestell dauerte mich nachhaltig, (aber als ich dann später anrief, um das Leiden mit frohen Wünschen zu übertünchen, da war´s andauernd besetzt.)

Einmal stürmte der Hund „Aika" herein, der von Herrn Röbel kurz in den Keller gesperrt worden war, da man gemeint hatte, das sensible Rehlein laboriere an einer Tierallergie. Doch nun fegte er herein, begrüßte Rehlein herzlich – doch mich ignorierte er völlig! Später jaulte er oft schmerzlich und rücksichtslos auf, während wir im Hause herumliefen und die Bilder bestaunten, die Herr Röbel, von unbestimmten Schaffensdrang erfüllt, in blindem Vertrauen auf seine große Genialität niedergepinselt hatte. Eines davon, das eine leidenschaftlich agierende Geigerin in einer hysterischen Hingabe an die Musik zeigt, schenkte er mir gar.

Später stellte ich das Gemälde in mein Fenster, und es sah so unglaublich lustig aus.

Herr Röbel hatte uns nämlich nach Hause gefahren, und nun schaute er sich unsere Baumstämme im Garten an, und versprach Rehlein, daß er sie bald verhackstücken will, weil er nach einem Hintertürchen sucht, um sich gelegentlich von seiner Frau zu erholen.

Abends machten Rehlein und ich noch einen erfüllenden Spaziergang zum Altersheim, wo man sich unzählige bunte Vögel in einer Volière anschauen konnte. Die Zwergkakadus hatten ganz rote Bäckchen, und der Lärm schien mir so ungeheuerlich, daß selbst die schwerhörigsten Senioren in der Nacht nicht schlafen können. Bloß vergessen sie dann, sich am Tage zu beschweren.

Ich stellte mir vor, wie ich dort vielleicht auch mal herumwackele, und mußte mir eingestehen, daß ich in weniger als 50 Jahren wirklich uralt bin.

Der Franz kann im Sommer leider nicht kommen. Seine Furcht vor SARS vereitelt die jährliche Europareise, und Buzens väterlichem Freund Herr Schütt bleibt somit die größte Freude im Jahre verwehrt – seinen Sommergast Franz zu beherbergen. Einen weitgereisten Violinisten und Dirigenten.

Montag, 12. Mai

Oft nässend und regnend

Am Morgen erhob ich mich in einen feucht-trüben Tag hinein, und radelte gleich los.

Bei der Rita las ich, daß Susanne Juhnke mit ihrem scheinheilig-lassziv-unschuldigen Ausdruck im Gesicht ein Buch über ihren verstorbenen Mann Harald herauszubringen plant, um damit tierisch Kohle zu scheffeln. Doch Haralds 46-jähriger Sohn Peer aus erster Ehe sperrt sich gegen dies Vorhaben einer geheimnisvollen und undurchschaubaren Eurasierin, die dem Harald einst die Sinne vernebelt hat.

Ich hängte die Zeitung an die Wand zurück um eilendst nachhause zu fahren, und zeitig mit der Geigerei anzuheben.

Um zehn Uhr verwandelte ich mich wie alle Tage von einer Stammtischschwester in eine Spitzensekretärin, und etwas übertrieben verbiss ich mich in das seltsame und entlegene Vorhaben, ein Konzert im Raum „Ulm" zu ergattern, bloß, daß die dort alle in schwäbischem Kleingeist „Saalmiete" verlangen, so daß die einzige Wundertüte, die ich heut fertig machte für den Geistlichen, Herrn Dr. Lipp gedacht war. Einen   Herrn, der jedoch geistlichengemäß ebenfalls nicht so ganz unscharf auf's Geld ist.

Eine Wurfsendung somit, in die ich keine speziellen Erwartungen setzte.

Bald jedoch wurde meine Arbeit durch Pastor Röbel molestiert, der mir meine Jacke zurückbrachte. Ich konnte mich des Gefühls nicht so recht erwehren, der Geistliche habe die Jacke gestern absichtlich versteckt, um einen Grund zu finden, schon wieder bei uns zu klingeln? Dann schuldet man ihm Dank, und kann ihm nicht einfach so die Türe weisen, auch wenn Rehlein schon mehrfach im Leben über sein güldenes Sitzleder gestöhnt hat. Und doch löst er in Rehlein eine ungeahnte Loggorhö aus, wobei er selber aber eher eine verständnislose Miene zu den Geschichten zog, die aus Rehlein regelrecht herausprudelten.

„Ich bin ein Kampfzwerg!" sagte er humorvoll, da er sich erboten hatte, das Holz in unserem Garten kleinzuhacken, um Aggressionen abzubauen.

Rehlein erzählte quirlig, und *sehr* weit hergeholt von den Köllreuthers, alten Bekannten aus Tokyo, die alle Leute um sich herum respektlos als „Zwerg" bzw. „Zwerch" zu bezeichnen pflegten, so wie man mittlerweile die Menschen um sich herum ebenso unschön als „Typ" bezeichnet. „Der Typ da!" oder „der Zwerch da!" (Was kling besser?)

„Ich selber pflege Typen oder Zwergen, die man sich im Vorübergehen kurz aus der anonymen Masse greift, mit einem Namen zu benennen, der zu ihnen passen könnte – und so bekommt der Fremde auch gleich Kontur!" erzählte ich.

Dann tönte das Telefon. Buz war's, der ganz schüchtern und kleinlaut darum bat, daß man ihm jenen Wisch*, wo er die Gagenvorschläge für die Sommerinterpreten draufgeschrieben hatte, einfach in ein Kuvert betten und nach Trossingen schicken möge. Doch da kennt Buz Rehlein und mich schlecht, und man kann sich ja denken, daß das süßeste Rehlein zur Mittagsstund einen langen Früchtebrotbrief an Buzen verfasste, der dem Zettel beigelegt werden sollte.

*Schon wieder so ein häßliches Wort: „Der Typ bat um einen Wisch"

Ich staunte *wie* lange Rehleins Brief geworden war. Plastisch schilderte das süßeste Rehlein darin die Geschehnisse der vergangenen Tage, wie z.B. auch, daß die Ehe der Röbels äußerst ranzig geworden sei.

Etwas, auf das wir bei den Mahlzeiten immer wieder die Rede geschwenkt hatten, und jedesmal wirkte es so belebend. Rehlein zog gar Parallelen zu der Vitzthumschen Eh´, und nannte diese spezielle Ehe „Vitzthumehe", so als solle dieser merkwürdig aussehende Begriff bald zum fixen Terminus werden. Ich äußerte Zweifel, daß Buzens Intelligenz dafür ausreiche, diesen selten zu lesenden Begriff zu verstehen, zumal Buz womöglich gar nicht weiß, daß die Vitzthums Vitzthum heißen? In seinem Kopf sind sie kumpelig unter „Georg" und „Cornelia" gespeichert.

Rehlein erzählte von den Cupsas:

Während wir, infolge unseres vierjährigen Aufenthalts in Taiwan (1969 – 1973), aus Deutschland regelrecht hinausgeblendet waren, hatten sich die Cupsas ein paar wertvolle Gemälde ausgeborgt, um ihre Wände zu schmücken.

Der Opa setzte sich mit unerhörter Vehemenz dafür ein, daß diese kostbaren Gemälde nach Ablauf der Leihfrist zurückgeschickt würden, und irgend-wann (nach langer Zeit) schickten die Cupsas die Bilder tatsächlich zurück. Doch der Opa war so enttäuscht und empört darüber, daß kein noch so kleiner Gruß oder Dank dabei stand.

Am Nachmittag schickte ich persönliche Einla-dungen an Kulturinteressierte in der Nähe meiner Konzertierstätten.

„Ich bin jene Geigerin, die unlängst mit bombastischen Worten bei Ihnen angepriesen wurde!" schrieb ich augenzwinkrig, und wie ich hoffte, verbindend.

Das süßeste Rehlein hatte derweil das Kuvert für Buzen kunstvoll mit einer Geigerin verziert.

Rehlein äußerte die Vermutung, daß der Schwiegersohn von Frau Meyer leicht schwachsinnig sei.
Hie und da schickt Frau Meyer ihn zu einer simplen Tätigkeit vorbei, damit er sich einen Groschen verdiene – doch daraus erwüchse immer nur Ärger: Jetzt z.B., ließ sich das Fenster, das er angeblich geputzt hatte, auch wenn es nun verschmierter ausschaute denn je, überhaupt nicht mehr öffnen, da er den Rahmen offenbar nass abgewischt, und nicht abgetrocknet hatte?

In leichtem Geniesel begleitete mich Rehlein zu „Brems-Garten", einem vornehmen Restaurant, wo ich heut vom Lions-Klub eingeladen worden war. Ich war schon ganz aufgeregt, daß wir vielleicht zu spät kommen könnten, und dann stand ich doch einfach wie bestellt und nicht abgeholt im Vorraum herum.

Rehlein hatte sich wieder hinwegbegeben um daheim noch Bratsche zu üben, oder daheim ein wenig vor sich hinzudalten. Sprich, ihrem Daltonsyndrom, der Neigung bei Tätigkeiten aller Art beständig vom Pfade hinabgepustet zu werden, freien Lauf zu lassen.

Dem Mutterbusen entrupft stand ich somit nicht wissend, wohin mit mir, und wie das Leben weitergehen solle, herum. Hinter einem Glasfenster saß ein mürrischer alter Mann, führte kurzangebundene gänzlich scharmfreie Telefonate, und zeigte keinen Blick für die verloren dastehende Frau (mich).

Allmählich trödelten die ersten Rotary-Club-Mitglieder ein.

Ein gänzlich wesensfremder Herr begrüßte mich steif und verhalten, und natürlich fühlte ich mich so wie eine beklommene Frau, die sich erstmals mit einem eventuellen Heiratskandidaten an neutraler Stelle trifft.

(„Großer Himmel! Wie komme ich aus dieser Nummer wieder heraus?")

Schließlich saß ich bis zwanzig Uhr als einzige Dame im Klubraum mit zirka sieben Herren zusammen, die allesamt a) keine Noten lesen konnten, und b) von Klassik überhaupt keine Ahnung hatten, wie sie mir freimütig, und ohne rot zu werden, gestanden. Dennoch hatte man sich versammelt, um über ein großes Benefizkonzert zu verhandeln, dessen Erlös man unter sich zu verjubeln plante. Auf einfältige und weltfremde Weise frug mich ein Herr nach Werbestrategien aus.

„Da sind der Fantasie keine Grenzen gesetzt," begann ich bedeutsam.

Es wurde gekühlter Weißwein serviert, und im ansentimentalisierten Zustand wärmte ich mich mit dem Friseurmeister Rabe, und dem Optikermeister

Kickl an. Wir wurden von einem sehr höflichen Kellner zuvorkommend bedient.

Allgemein schwebte dem Klub ein Konzert mit Orgel und Violine vor, und für den Orgelposten hatte man keinen Geringeren als Kantor Schmid ins Auge gefasst – einen spitzbärtigen, schlitzohrigen Herrn, der meist ein betont unsentimentales Tempo anschlägt, da er jenem Menschenschlage zuzuordnen ist, der seine Gefühle gern unter Dach und Fach hält.

Zu später Stund´ war ich wieder daheim beim Rehlein. Wir schauten „Beckmann im Ersten":

Zu Gast war der Effe mit der Neuen an seiner Seite – einer Dame, die er einem Herrn namens Strunz ausgespannt hat, und die man ihrerseits wiederum als Variante von unserer Frau Münch bezeichnen darf.

In zwei Tagen rinnt Frau Münchs Leben als U60erin aus.

Dienstag, 13. Mai

Oftmals sehr regnerisch,
und wenn hie und da die Sonne eingrellte,
so sah es leider häßlich aus

Am Morgen erhob ich mich in triefende Regengüsse hinein.

Daß ich schon wieder zur „Tante Olli", - sprich meiner „Frühtagesmutter" Rita - radelte, mutet demnach etwas übertrieben an.

Wenn ich die Kapuze über's Haupt stülpte, so blätterte sie sich im peitschenden Regen augenblicklich wieder hinweg. Ein Gefühl, als läge ein geöffnetes Buch im Zentrum eines wüsten Tornados.

Regenbeperlt betrat ich die Schankstube, und griff mir meine Zeitung, die dort an einem Bügel an der Wand hängt.

Auf der Welt ist derzeit nichts Interessantes los, so daß man auf billige Themen wie diese hier zurückgreifen muß, um die Leser zu unterhalten:

Daß Susanne Juhnke ein Enthüllungsbuch über ihren vom Korsakow-Syndrom debilisierten Ehemann Harald schreibt. Sie bestellte hierzu die Cheflektoren der BILD, da der Text sonst womöglich holprig wie der Weihnachtsrundbrief einer normalen Dame geklungen hätte. Mit diesem Buch möchte sie Millionen machen.

Und so richtete der Gossen-Goethe Franz-Josef Wagner seinen täglich´ Brief an sie:

„Liebe Memorienschreiberin Susanne Juhnke!"
begann er bedeutsam, bevor sodann sein dümmlicher Aufzählungs-Topflappen aus Buchstaben begann, und in folgende Passage mündete:

„Das wäre vollkommen in Ordnung. Doch ich empfehle Ihnen, noch eine Kleinigkeit ins Vorwort zu schreiben: „Der Erlös kommt ganz und gar der Erforschung des Alkoholismus zugute!"

Wortgeschosse solcherart, als wolle er das Motiv des Schreibens, (ein Leben in Luxus und Glamour), mit Füßen treten.

Im Blattinneren las man, daß die Susanne das Buchs schreibt, „um sich zu befreien!"

Alle möglichen Ehefrauen traten mir in den Sinn, denen es guttäte, ein Buch zu schreiben, um sich zu befreien. Z.B. Rehlein, oder auch Frau Bungarten über ihren Frank.

Immer öfters muß ich nämlich über den Bungarten nachdenken, da nämlich seine CD, die Rehlein gestern nicht ohne Respekt angehört hat, bei uns herumliegt.

In zwei Wochen möchte sein Manager bei uns anrufen, und beim Gedanken daran, daß ich dann vermutlich gar nicht da bin, hat sich Rehlein bereits darauf konditioniert, was sie dem interessierten Manager wohl über die CD sagen wolle?

Ich stellte mir vor, *wie der Bungarten mit seinem Manager, Herrn Schein, vereinbart hat, sich in Zukunft Fränk Bänggardn zu nennen, um noch internationaler zu scheinen.*

Rehlein solle sagen, daß *eine* Stelle auf der vor-letzten Seite der Chaconne in einem leicht artifiziell und gekünstelt wirkenden Rubato vorgetragen wird, und diese Stelle dem Herrn auch vorsingen, damit Herr Schein merkt, daß Rehlein wirklich vom Fach und keinesfalls ein unbedarftes kleines Intendanten-frauchen ist, das ihrem Mann die Pantoffeln hinterherträgt. Außerdem hätten wir uns zunächst gefreut, daß keine Schürflagenwechsel (eine

Krankheit unter Gitarristen) zu hören gewesen seien. Doch dann hätten wir mit unserem feinen Ohr doch zwei ausgemacht, und wir verstünden dies nicht!

Wir dachten, er sei der maßgebliche Gitarrist unserer Zeit!

Rehlein könne beispielsweise sagen:

„Wir engagieren Herrn Bungarten unter einer Bedingung: „Daß er die Werke zuvor mit meinem Mann gründlich durchnimmt!"

Doch wahrscheinlich wird der Künstlertypus nicht auf dieses Angebot eingehen.

(„Ich bin erwachsen, und weiß sehr wohl, wie ich zu spielen habe!")

Wir erlebten eine Freude:

Aus Ilsenburg kam eine Zusage für ein Konzert am 22.6.. Das süße Rehlein wurde davon so froh gestimmt und hüpfte herum, und mitten in die gute Stimmung hinein kam auch noch ein sagenhaft netter Anruf von Marianne Aichner aus Herrenberg. Wenn ich zusammen mit dem Chor auftrete, so kommen womöglich 200 Leute, erfuhr ich erfreut.

Mittags saßen Rehlein und ich voll Behagen beim Mittagessen. Es gab Nudeln mit Spitzkohl, und dazu schauten wir wie alle Tage Streit um III Fälle mit Richter Guido Neumann an. Heute: Strafrecht.

Mir schien es, als hätte das ZDF einen echten gorillaartigen Sträfling für den Fall angemietet, damit er noch glaubwürdiger wirkt: „Hat einer von Euch

Knastbrüdern Lust, sich ein paar €uronen dazu zu verdienen?"

Ein Herr hatte Schutzgelderpressungen getätigt, und machte dem Zeugen gegenüber unverhohlene Zeichen, was er nach der Entlassung mit ihm anzustellen gedenkt! Dann dachte er bloß noch über Rache, und kein bißchen über seine dringend erforderliche Besserung nach, und sogar im Schlußwort ließ er eine Drohung mit einfließen. Netter wäre gewesen, er hätte gesagt: „Ich sehe ein, daß ich mich rechtlich daneben benommen habe. Die Zeit im Knast möchte ich dazu nutzen, mir eine Besserungsstrategie auszudenken."

Ich fuhr, am Fenster stehend, mit meinen Verbesserungsversuchen auf der Violine fort, und malte mir dabei aus, *daß die Familie Otten grundsätzlich bei jedem Thema einer Meinung ist.*

„Wo wollen wir dies Jahr Urlaub machen?" frägt Herr Otten beispielsweise.

„In Mallorca beim Ballermann!" antworten die drei Damen wie aus einem Munde.

„Das wollt´ ich gerade vorschlagen!"

Kurz vor Büroschluß rief eine Dame von einem Saxophonquartett an. Sie bemühte sich, ihre Stimme ganz förmlich klingen zu lassen, so daß vor dem geistigen Auge des Angerufenen eine gestylte Barbiepuppe aufleuchten möge?

Ich hatte gerade Lust, ein derartiges Gespräch mal von der anderen Seite aufleuchten zu lassen, und gab mich höchst plaudersam. Bestrebt, die fremde Frau, die doch eher eine Scheu davor verspürte, jemandem Zeit zu stehlen, so lang als irgendmöglich in der Leitung zu halten, indem ich mich sehr interessiert nach Details des Saxophonquartetts erkundigte.

Als ich von der Post zurückkehrte, war Rehlein mit Frau Möller zum Walken aus meinem Leben gesogen, und dennoch rief ich manchmal: „Geh Muaddi! Sog hoid amoi woas!" „Ach Mutti. Sag halt mal was! auf bayrisch ins leere Haus hinein.

Das Chinesisch-Lehrbuch und das aufgeschlagene Heft daneben zeugte davon, daß Rehlein gerade chinesisch gelernt hatte, als es klingelte…und auf dem Sofa lag ein Brief, den Rehlein an Herrn Bublath geschrieben hatte – als Anlage zu Opas Gedichtbändchen, mit dem man diesen Herrn zu ergötzen hofft.

Rehlein hatte sogar ein Sternchen gemalt, und darunter stand der Unvergessene mit Namenszug und Eckdaten:

Konrad E. Pannonius 1909 – 2002

Mittwoch, 14. Mai

Regenzeit wie in den Tropen. Immer wieder Güsse

Heute träumte mir, *daß ich einen Vortragsabend in der Musikhochschule ganz alleine bestreiten, und somit ein Programm an Herrn Reimer und seine süppelige Vorzimmerdame Frau Reichenberg ins Sekretariat*

*hinüberfaxen mußte. Ein äußerst üppiges Programm mit dem
ganzen Tschaikowski-Konzert und Bachs g-moll Sonate.*

*Buz riet: „Franziska König spielt die gängigsten Werke für
Violine" aufs Programm zu schreiben.*

Beim Frühstück gelang mir ein lustiger Scherz. Ich
sagte: „Dort sars ein Chinese!" (SARS, hahaha! – Ein
Witz der einer Erklärung bedarf, ist ein mäßiger
Witz, doch wir lachten trotzdem.)

Wir freuten uns über die Post.

Meine ehemalige Herbergsmutti, Frau Nebel aus
Oberrot hatte eine Karte aus dem Allgäu geschickt,
wo sie mit ihrem Helmut einen Wanderurlaub abhält.

Ein weiteres Mal begegnete einem der etwas
farblose und stille Helmut, der einst aus der Zeitung
destilliert wurde, in meiner so üppigen Lebens-
Chronik.

Ferner hing mir etwas am Angelhaken:

Herr Heinrich aus Bad Hersfeld lud mich zu den
Bad Hersfelder Bachtagen ein. Er schrieb: „In der
Anlage…" doch die schlamperte Sekretärin hatte
einfach vergessen die Anlage mit in das Kuvert zu
betten.

Wieder sprach ich mit Rehlein ganz viel über den
Bungarten. Ich erzählte, *daß ich den Eindruck hätte, sein
Manager, Herr Schein (ein Herr, der im Rahmen seiner
Managsaggressivität jeden Moment bei uns anrufen könnte)
sei dem Gitarristen nach Art eines Jüngers vollkommen
ergeben. Bei einem Bankraub im Jahre 1984 wurde er von
dem damals noch brotlosen Musiker als Geisel genommen,
und mit der Pistole bedroht ← spielte ich auf das
Stockholmsyndrom an.*

Später besuchte Herr Schein den Gestrauchelten im Knast,
und lud ihn nach seiner Entlassung in seine Wohnung ein.
„Steckt da auch kein Trick dahinter?" brummte Frank B.
übellaunig.

„Nein, Sie können ganz sicher sein. Ich habe Sie in mein
Herz geschlossen, und bringen Sie bitte Ihre Gitarre mit!"

So oder ähnlich hätte es angefangen.

Wenn Herr Schein jetzt anruft, und ich nicht
daheim bin, so könne Rehlein ihm sagen: „Wissen
Sie denn nicht, daß Frank B. im September 1984 die
Kreissparkasse in Aurich überfallen hat?"

„Und das Gitarrenspiel hat er sich sodann selber im
Gefängnis beigebracht," komplettiert Herr Schein den Satz.

Heute freuten wir uns auf die Geburtstagsfeier von
Frau Münch vor, und einmal fiel mir ein, was
Rehlein noch zu Herrn Schein sagen könnte:

„Für unser Festival ist Herr Bungarten einfach
noch nicht gut genug, doch er könnte auf meiner
Geburtstagsfeier im Waldhotel Wiesens zupfen!"

Dann kam die Maria.

Dadurch, daß ich vom Wetter her – Regengüsse,
gepaart mit deprimant stimmenden Sonneneingrel-
lungen - nur mäßig gestimmt war, verließ ich mich
freudig darauf, daß mich die Maria ganz von alleine
in eine Plauderstimmung versetzen würde. Und doch
wurde ich zu Beginn der Stunde einmal kurz geistes-
abwesend. Die Geistesabwesenheit resultierte daher,
daß ich innerlich mit mir rang, ob ich nicht kurz die
Großmanns anrufe und sage, sie sollten noch bei uns

vorbeischauen, weil ich es nicht mehr erwarten könne, die Eheleute durch Rehleins Sinne neu kennenzulernen.

Dann unterrichtete ich die Maria sehr ausufernd im Dirigieren, und benahm mich dabei präzisionswütig wie eine Chinesischlehrerin, die die Flöhe husten hört und keine Ruhe gibt, bevor dem Klang des Worts der nötige Pekinesenschmalz überstülpt ist.

Einmal prasselte ein Gischtregen nieder, so daß es draußen ganz bräunlich und verquollen ausschaute.

Nach der Stunde lud Rehlein zum Tee.

Rehlein entpuppte sich als sehr angenehme Gastgeberin, indem sie zum Tee Schälchen mit feinstem, zartangeschmolzenen Panna-Cotta-Eis der Firma Mövenpick reichte.

Der Maria gefällt es, daß ich Rehlein so oft küsse, und auch das Konzert mit dem Ostfriesischen Kammerorchester hatte ihr sehr gut gefallen.

Über das Violinspiel von der Mathilde meinte sie, dies könne ich sicherlich genau so gut?

Lediglich die Konzertmeisterin empfand sie als unfreundlich.

Rehlein und ich schauten einen Streit um III Fall über einen gerissenen Gauner:

Die Mutti von einem wie aus dem Ei gepellt aussehenden Beau, der leider auf der Anklagebank Platz nehmen mußte, empfanden wir als ganz entzückend.

„Ein schmucker Jung!" sagte sie so nett über ihren Sohn, weil sie gemeint hatte, er ginge zur See?

Der Staatsanwalt (ein Burschentypus mit einer wie gemäht aussehenden Frisur) sagte hernach in seinem Antrag: „Ich beantrage eine Seereise von drei Jahren und drei Monaten!" und Richter Guido Neumann sagte:

„Die Lacher sind auf Ihrer Seite, Herr Staatsanwalt!"

Im Schlußwort bat der Angeklagte darum, beim Geburtstag seiner Mutter dabei sein zu dürfen, und sein Anwalt nahm diese Anregung auf und sagte: „…zum Geburtstag seiner hochbetagten Frau Mutter!" Und dabei war die Mutter gerad ebenmal zwei Jahre älter als Rehlein: 66!

Ich stellte mir vor, daß ich Herrn Heinrich in Bad Hersfeld einen höchst befremdlichen Brief schreibe: *„Ihr Brief hat mich sehr überrascht, denn nachdem ich schon so lange nichts mehr von Ihnen gehört habe, hatte ich bereits gedacht: „Schon wieder so ein Arsch! Viel heiße Luft um nichts". Zugegeben: Keine besonders netten Gedanken, die sich da in meinem Inneren zurechtgeballt haben."*

Am Abend verließen Rehlein und ich das Haus etwas vorzeitig, weil wir uns schon so auf die Feier vorgefreut haben. Trotz der Wetterumschwünge – immer wieder losprasselnden Duschregenen – wollten wir in der ländlichen Atmosphäre von Wiesens ein wenig spazieren gehen.

Wir freuten uns auf die Feier vor wie auf Weihnachten.

Das süßeste Rehlein hatte für die Jubilatorin einen Reformtrunk gekauft, und von mir würde sie die schöne CD mit den Beethoven Trios bekommen, von denen ich dem Trio Parnassus fünf Stück abgekauft habe, um immer ein passendes Geschenk zur Hand zu haben.

Das schöne Wirtshaus im Walde ist genau jenes gewesen, wo wir seinerzeit durch großen Zufall auch Buzens 60. Geburtstag gefeiert haben.

Unter dem von tremolierenden Tropfen besprenkelten Regenschirm liefen wir auf jenem Wege, an dessen Saum die beiden Esel wohnen, bloß daß sie heute nicht zu sehen waren, und dann gischtete unter einer euterprallen Wolke ein Regen auf, so daß Rehlein und ich uns zusammenzwängen mußten, während an den Rändern der Wolke bereits wieder blauer Himmel aufschimmerte.

Ich bequasselte Rehlein darüber, ob Frau Münch womöglich eine Sitzordnung ausgetüftelt habe?

Könnte es eventuell passieren, daß man Rehlein zu Frau Münchs Mutti (Jahrgang 1911) an den Seniorentisch setzt? Ich sah es vor mir, als sei es bereits passiert:

Als 64-Jährige ist man in den Köpfen der meisten Mitbürger als „zum alten Eisen zählend" gespeichert.

Omi Münch sagt streng „Bitte?" wenn Rehlein etwas Erheiterndes, das doch eher beschmunzelt werden sollte erzählt, und gibt dem Gegenüber das Gefühl, seinen Mund beim Reden nicht gescheit aufzusperren, so daß Rehlein aus

Höflichkeit und Respekt vor dem Alter ganz laut und deutlich redet.

„Sprechen Sie doch bitte normal mit mir — ich hör doch gut!" sagt die alte Dame konsterniert.

Oder aber, man hört mich die ganze Zeit nervig über Politik diskutieren, und obwohl ich nichts von Politik verstehe, machte ich es Rehlein trotzdem rauschhaft vor, und es hörte sich an wie eine ganz normale politische Diskussion, bei der man leicht die Stimme hebt, um seinen Worten mehr Gewicht zu verleihen.

Dann stellte ich Rehlein noch einen möglichen Nebensitzkandidaten vor: Einen Herrn mit Gesichtszuckungen, der Rehlein in eine Diskussion über die Bachsche Aufführungspraxis zu verwickeln sucht.

Als wir uns dem Gasthof näherten, machte ich Worte drum, was dies für ein großer Tag im Leben von Frau Münch sei.

Vielleicht empfindet sie ihn als den letzten ganz großen Geburtstag, denn beim nächsten „runden" Jubiläum — dem 75. — ist sie in ihrer Vorstellung vielleicht schon tot oder tütelig? Etwas anderes kann sie sich gar nicht vorstellen.

Ich war überrascht, wie viele Freunde sich in den vergangenen 60 Jahren für Frau Münch angesammelt haben, lernte jedoch niemanden näher kennen, da man die Sitzordnung netterweise so arrangiert hatte, daß wir Königs bei den Großmanns zu sitzen kamen.

Herr Großmann und ich spielten zu Beginn ein kleines Ständchen. Mutti Inga mit dem Baby kam etwas später. Nun krisch die kleine Ludmilla, die gestern geimpft worden war, in schrillsten, völlig unnatürlich lauten Tönen, und Rehlein meinte hernach entsetzt, so habe sie noch kein Baby schreien hören. Ob bei der Impfung wohl etwas schiefgelaufen sei?

Mutti Inga war weiß wie die Wand, denn dieser beklemmende Gedanke war ihr auch schon gekommen.

Später hörte ich am Büffé, wie Herr Großmann seine Frau unschön bezischte: „Inga, bitte nicht in diesem Tonfall!"

Eine wunderschöne Feier – heiter, unbekümmert.

Neben all den Köstlichkeiten die aufgetischt wurden - ein Köstlichkeitsbüffée wie im Paradies - spielte man launige Spiele, die große kollektive Erheiterung nach sich zogen. Lachsalven durchbebten den Raum.

Ein köstlicher Tag ging zuende, und erst nach Mitternacht radelten Rehlein und ich heim.

Donnerstag, 15. Mai

Stark gebessert. Abends sagenhaft schön

Durch schönstes Sonnenwetter radelte ich zur Tante Olli.

Heute saß ein fremder Herr auf dem Hochsitz.

Ein öliger Mensch mit Cigarette und Borstenbart, der jedoch mit der Rita auf herzlich vertrautem Fuße zu stehen schien, und den Jens-Peter, der sich wie eine Wolke ins Nichts aufgelöst hat, wie selbstverständlich ersetzte.

Es fühlte sich an, als sei in einer Seifenoper ein Schauspieler ausgetauscht worden. Nach kurzem Befremden gewöhnt man sich daran.

Wieder war auf der Welt nichts Großes geschehen – sieht man mal davon ab, daß es eine Neue an der Seite von Boris Becker zu begrüßen gilt: Die dunkelhäutige Ballerina Caroline.

„Wenn das man gut geht!" wird da in so manch einem Haushalt gedacht, oder gar leise vor sich hingemurmelt.

Noch vor neun Uhr rief eine Pfarrerin aus Braunschweig an, um ein Konzert am 22. Juni zu offerieren. Aber da findet doch bereits das Konzert in Ilsenburg statt! Erst nach einer Weile fiel mir auf, daß diese Frau so unglaublich kühl war.

„Dann ist das halt so!" sagte sie, und legte einen desinteressierten Auflegeschwung in diesen kühlen Satz, während es in meinem Kopf hektisch herumarbeitete, da ich der verpassten Chance nachtrauerte.

Frühstück mit Rehlein, Herrn Großmann und der kleinen Judith, die in zwei Wochen fünf Jahre alt wird.

Auch wenn ich die kleine Judith süß und nett finde, spürte man die Generationenkluft dahingehend, daß ich es aus jenem Grunde schad fand, daß sie dabei sitzt, weil man in ihrer Gegenwart natürlich nicht so gut über die Schwiegereltern tratschen konnte, wie mir das vorschwebte.

Herrn Großmann gegenüber färbte Rehlein ihre Stimme eine Spur vornehmer ein als sonst, und zur kleinen Judith war Rehlein wiederum ganz bezaubernd, da sich Rehlein in ihre eigene Kindheit zurückversetzt fühlte, als das Leben noch ein wunderschönes, buntes Abenteuer war.

Die Judith zeigte einen geschärften Blick für all die Kleinigkeiten, die so herumstanden – z.B. einen blauen holländischen Holzschuh, und einmal sagte sie belehrend zu Rehlein, daß der innen so staubig sei, und man ihn doch eigentlich bloß mit einem nassen Lappen auswischen müsse! Es klang leicht vorwurfsvoll eingefärbt, solcherart, als wolle sie damit sagen: „Daß ich aus Fischerhude herbeireisen mußte, um Frau König auf diese Selbstverständlichkeit hinzuweisen?!"
Sie schaute Rehlein tadelnd an, als erwarte sie ein einsichtsvolles Wort, verbunden mit einem Besserungsgelöbnis.

Wir sprachen darüber, daß die Großmanns im September in eine 70er Jahre Doppelhaushälfte zu ziehen planen. Etwas, das mich schon gestern bestürzt hat, weil ich die Villa, in der sie leben, liebgewonnen habe, und der Gedanke daran mir immer wie ein Anker erschienen war.

Die Judith knallte einmal voll Schwung mit dem großen Zeh an die Türe und heulte laut los, so daß sie von Vati Achim nett auf den Schoß genommen wurde. Rehlein war wieder so aufmerksam, und raste die Treppen hinauf, um im Bad nach der Kyttasalbe zu wühlen. Eine Wundersalbe, auf die Buz zu schwören pflegt.

„Davon geht der Schmerz gleich weg!" versprach das süßeste Rehlein.

Doch die Judith wehrte sich fast ungezogen dagegen – so wie ja leider so viele nette Angebote Rehleins einfach zurückgewiesen werden. Vielleicht fehlt Rehlein auch manchmal ein begeistertes „Au ja!"

„Du willst deinen Schmerz also behalten!" mutmaßte Vati Achim gutmütig.

Die Judith spielte ein paar ganz zarte Töne auf dem Flügel, meinte dann aber, der sei ihr zu verstimmt, so daß man freudig an ein aufkeimendes Genie dachte. Doch niemand erlaubte sich, den Gedanken laut auszusprechen.

Rehlein übte ein bißchen „Geigespielen" mit dem kleinen Kind, und auch die CD von Herrn Bungarten – einem Herrn, von dem seit geraumer Zeit fast täglich die Rede ist – kam zum Zuge. Wir horchten hinein. Ich fand das Stück von Rodrigo ganz bezaubernd, und dem Achim gefiel es auch. Schon am Sonntag konzertiert der Achim in Neumünster, doch als geplagter Familienvater kommt er praktisch nie zum üben.

Summasummarum kann man sich denken, daß der Achim vielleicht nicht sonderlich glücklich ist, da er auch heute um 14:15 schon wieder unterrichten mußte. Mittlerweile sind´s vier Tage in der Woche, in denen er als mobiler Gitarrenlehrer tätig ist, weil es sonst finanziell einfach nicht hinhaut. Und somit verabschiedete sich der Besuch auch bald.

Beinah hätte ich zum Achim gesagt: „Wann sehen wir uns wieder?" (Worte wie aus dem Munde einer liebestrunkenen Frau), doch dann bremste ich mich, weil ich an die Anna aus der „Lindenstraße" denken mußte, die einfach zum Hansemann, der damals noch verheiratet war gesagt hat: „Ich würd´ Sie gern wiedersehen!", und zu diesen bedeutsamen Worten, die zu einem Wendepunkt in ihrem Leben werden sollten, einen Ausdruck auf dem Gesicht auflegte, der besagen sollte, daß sie noch nie ein Wort ernster gemeint hat, als dieses hier.

Nun war ein Großteil meiner Karrierescheiblette von Außerkarrierlichem abgezwackt worden, und so versuchte ich, die verbliebene Zeitspanne bis um zwölf Uhr mit sinnvollen Tätigkeiten auszupflastern.

Rehlein war so nett zu mir!

Hernach holte ich mein Auto bei Opel Hiro ab. Das Fräulein an der Theke hatte eine Wellenlänge solcherart, daß ich plötzlich sehr schüchtern wurde. Aus Angst, ihr Zeit zu stehlen, konnte ich meinen Wunsch gar nicht gescheit ausformulieren. Dann saß ich wartend am Ordinationstisch, und wunderte mich über mich selber!

Mittags aßen Rehlein und ich zu Mittag: Es gab ein köstlich gewürztes Gericht mit Kartoffeln und Kohlrabi, und Rehlein beharrte darauf, daß ich mich nach dem Mittagsessen eine halbe Stunde hinlege.

Rehlein sagte es auf jene Art, wie unsere Cellistin einst in den Quartettproben strikt ausgerufen hatte: „Jetzt WIRD Intonation geübt!" Worte, mit denen ich einen Selbstbefehl hie und da ebenfalls zu umranken pflege – ganz einfach nur, um mich auf Trab zu halten.

Und somit beugte ich mich Rehleins Wunsch.

Ich hätte ja nicht gedacht, daß ich schlafen könne, und doch war´s plötzlich so, daß ich *auf dem Bremer Flughafen herumspazierte, und auf einem Großbildschirm inmitten einer Menschenmenge die Hilde wiedersah. Sie verschwand in der Menschenmenge, und da es sich ja nur um einen Film aus einer fremden Stadt handelte, hatte es auch wenig Zweck hinter ihr herzurufen.*

Heute radelte ich erst nach 19 Uhr in den Klub, und draußen war es trotz des Sonnenscheins plötzlich kalt geworden.

Auf dem Standradl las ich die ergreifende Geschichte einer junge Frau, der die Nachbarn – die alten Schröders - herzlich gleichgültig waren. Doch eines Tages rettete ihr der alte Schröder das Leben!

Von dem Tag an waren sie die dicksten Freunde!

Auf dem Heimweg wurde soeben die Friedhofspforte geschlossen, da es schon achte durch war. Das vorangeschrittene Alter war dem Tage in dieser Wetterlage gar nicht anzusehen.

Abends dichtete ich in Mings verwaistem Zimmer. Rehlein stand im Türrahmen und berichtete mir so plastisch, daß sie „Panorama" geschaut habe, und die Jugend auszusterben drohe, da niemand mehr Kinder haben möchte.

In Mecklenburg-Vorpommern droht eine Ausdünnung der Bevölkerung, so daß die Regierung zehntausend €uro für ein neues Baby ausgelobt habe.

Ich schaute auf ein Foto Buzens drauf, das Buz in gekrümmtem Zustand zeigte (ein Beispielfoto, wie man nicht dastehen solle), und fand den Gedanken so bewegend, daß Buz eine Methode zum Violinspiel ersonnen hat. Es erinnerte direkt an eine Wilhelm-Busch-Geschichte. Die ganzen Jugendjahre Rehleins, aber auch die ganzen Jungseniorenjahre von Opa und Mobbl wurden davon mitgeprägt, daß der Schwiegersohn „den Schlüssel zum Violinspiel" gefunden habe. Unzählige Fotos wurden geschossen, und in Buzens Fantasie füllten sie ein dickes Lehrbuch, das in keinem Haushalt fehlen sollte.

Freitag, 16. Mai

Aurich – Hopsen

Sonnig.

Hie und da wie gehaucht wirkende Wolkenüberzüge

Am Morgen schnellte ich aus einem weichen Sumpf des „Sehr-gut-geschlafen-habens" empor. Das warme Nachtgewand, das mich umhüllte, fühlte sich so „frisch gebügelt" an.

Rehlein war ebenfalls erwacht, und rief mir etwas Nettes aus ihrem Schlafgemach zu, um mich im Tage willkommen zu heißen.

In der Nacht war das interessierte Rehlein extra aufgestanden, um die Mondfinsternis zu genießen, doch Rehlein hatte den Mond gar nicht gefunden und gänzlich vergebens mit den Augen im Wolkenmeer danach herumgestochert.

Gestern war sogar noch Buzens Erbmasse in mir zum Zuge gekommen. Buz hat es von seiner Mutti geerbt, alles mit Worten so hinzubeschwören, daß es sich gut in sein Weltbild fügt. Ein stabiles Weltbild, das nach Art eines Gemäldes in fröhlichen Farben akkurat an einer frisch geweißelten Wand hängt.

Ich dachte mir nämlich: „Ach, wenn ich wach bin, dann sehe ich die Mondfinsternis gewiss immer noch!"

Das Frühstück mit dem süßesten Rehlein war wie immer so unerhört inspirierend. Ich erzählte von

Herrn Bloser, und wie er vier Reihen an sorgsamst ausgetüftelten Fingersätzen in die Noten schrieb.

Dazu benützte er einen gespitzten Bleistift „sehr fein" einer noblen Bleistiftsfirma, und dieser Bleistift duftete so wunderbar.

Und dann schilderte ich bildhaft, wie Buzens koreanischer Schüler Jangho das Buch „Fingersatz und Interpretation" in einem Eisenbahnabteil liegen ließ.

Mich würde es sehr interessieren, was aus diesem Buch, nach dem gewiss nicht jedermann greifen würde, wohl geworden ist?

Dann sprach ich davon, daß junge Musiker dazu neigen, Ideen zu verfolgen, und sich dabei zu verzetteln. Zum Beispiel einen neuen Interpretationsansatz zu verfolgen, worüber der Komponist vermutlich die Hände über dem Kopf zusammenschlagen würde? Ich fühlte mich auf einer Woge an mütterlicher Zuwendung und Verzauberung getragen.

Wenn man gescheit Bach interpretieren möchte, so empfiehlt es sich eine Reise nach Sachsen zu machen, und die sächsische Mundart zu lernen. Nirgends spiele ich besser Bach als in Sachsen, verriet ich.

Eines hatte ich beim Üben bereits gedacht:

Daß die Menschen in der Mitte des Lebens deswegen so uninteressant sind, (stets in Eile, keine zwischenmenschliche Empathie mehr), da sie sich eben in der „Durchführung" des Lebens befinden.

Wie in einem Musikstück ist die Durchführung dazu da, sich durch Irrungen und Wirrungen zu quälen, damit man die süße der Reprise (das Rentenalter und die Rückblicksphase) umso besser genießen kann.

Deutet man ein Musikstück zum Roman eines Lebens um, so könnte dies bedeuten:

Erstes Thema: Kindheit und Jugend.

Zweites Thema: Die Studienjahre. Liebe.

Durchführung: Häuslebauphase, Vermehrung, beruflicher Stress.

Reprise: Rückblicksphase

Schlußakkord: Tod

So manch ein Werk endet abrupt wie ein völlig unerwartet aus dem Leben gerupfter Mensch, andere zeigen einen bombastischen Abspann, der womöglich den nicht enden wollenden Jahren in einer Seniorenresidenz nachempfunden wurde, und eine Symphonie von Charles Ives endet gar auf einem ganz schrägen Akkord, der das Publikum gänzlich ratlos zurücklässt.

„Welch sinnloser Tod!" ist man geneigt auszurufen.

Ich hatte den Mund nicht zu voll genommen, denn ich packte und packte, und das zu Bedenkende wirbelte durch meinen Kopf, solcherart wie der Flockenwirbel über das Haupt eines Weihnachtsmannes im Glas.

Zur Mittagsstund´ schimmerte Frau Saathoff auf. „Oh nein!" dachten Rehlein und ich leicht zeitversetzt, da wir es leicht zeitversetzt bemerkt haben. Ich dachte es für Rehlein, und Rehlein dachte es aus Gewohnheit, doch nach diesem erschrockenen ersten Gedanken freuen wir uns immer sehr über den Besuch.

Meist verlaufen die Besuche von Frau Saathoff nach folgendem Schema: Wir „verdächtigen" Frau Saathoff, unter einem Vorwand („man möge Buzen mitteilen, daß ihre Schwiegertochter Jutta am 7.11. in Driever singt") etwas menschliche Wärme tanken zu wollen, und um diese Überlegungen unsererseits, die mit dem sechsten Sinn wohl kaum zu überfühlen sind, ad absurdum zu führen, sagt Frau Saathoff auf die Offerte zu einem Tässchen Tee hin dreimal „nein!" – bloß, daß sie dann wenig später doch da sitzt und nicht mehr geht, hahaha! So auch heute.

Frau Saathoff inspirierte uns sehr, so daß Rehlein sie auch noch zum Mittagessen dabehielt.

Es gab ein köstliches Kartoffelgericht.

Frau Saathoff erzählte von Herrn Kremer, der nach dem Tode seiner Frau ein wenig die Fühler ausstreckte, um zu schauen, ob irgendwo einsame Witwen säßen, mit denen man sich vielleicht zusammen tun könne? Dabei konnte er die attraktive und geistvolle Frau Saathoff natürlich nicht übersehen. Bloß ist er Frau Saathoff nicht kultiviert genug.

Ich parodierte einen Herrn mit wilden Gesichtszuckungen, der ein Gespräch über die Bachsche Aufführungspraxis in Gang setzt, und wollte von Frau Saathoff wissen, ob ihr dererlei wohl eher tauge?

Doch dies taugt Frau Saathoff ebenso wenig wie eine unkultürliche Unterhaltung, und so wird es schwer sein, der anspruchsvollen Frau Saathoff zu gefallen.

Wir sprachen noch über „die Frisur", und ich lenkte die Rede auf unseren ganz entfernten Verwandten (Schwiegersohn von Buzens Kusine Renate), Herrn Hilgenberg, bei dem Frau Saathoff eventuell einen kostenlosen Haarschnitt bekommen könne, da er ja ein hilfswütiger Hesse ist?

So sprach der Vaitl Ferdinand* aus mir. („Ein Spezi von mir könnt´ dir das 30, 20, 10% MINDESTENS billiger besorgen.")

*Gerhard Polt im Film „Kehraus".

„Ich sag einfach: Das ist die Dame, die dem Vetter ihrer Schwiegermutter immer so emsig bei der Steuer hilft!" sagte ich, und lachte in Erheiterung auf.

Über meine Nervosität sprachen wir auch, und Frau Saathoff interpretierte mich fehl, indem sie meinte, ich meine die Nervosität vor dem Konzert. Aber meine Nervosität erschöpfte sich darin, daß ich Angst habe, beim Packen für die Reise etwas zu vergessen.

Dann fuhr ich ab, und die Damen bereiteten mir einen großen Bahnhof.

Statt meiner sieht man jetzt Herrn Röbels Öl-gemälde mit der enthemmt aufspielenden Geigerin im Fenster.

Im Radio waren die Geschwister Christian und Tanja Tetzlaff zu Gast, und ich fand's lustig, daß die Tanja tief („Wir haben den gleichen Backround!" gab sie sich international), und der Christian eher hoch redet.

Die Tanja war etwas befangen. Solcherart, wie die vermarktungswütigen Musiker, die manchmal bei uns anrufen. Beim Christian wiederum vermeinte ich einen leisen feinen Humor und etwas Schalk aus seinen Worten herauszuhören.

Hie und da wurden uns die Geschwister gar mit Klangbeispielen akkustisch nähergebracht.

Einmal interpretierte der Christian den dritten Satz von Bachs C-Dur Sonate auf seiner alten Stradivari.

Es handelte sich um eine ältere Aufnahme, die ihm heute nicht mehr so gut gefällt, und er möchte das Ganze noch einmal aufnehmen.

Ich fuhr nach Lingen, und in Lingen frug ich mich, wie ich bloß nach Schapen gelange?

Wer hätte gedacht, daß Schapen so unglaublich ländlich liegt? Ich fuhr auf einer einsamen Straße durch ein Feld hindurch – im Visier die Zipfelmütze einer Kirche.

Die Gegend erinnert in ihrer Einödaura an jene in Amerika, wo André Watts lebt, und es heißt, er lebe derart ländlich, daß man mit dem Auto zwei Stunden lang zum nächsten Tante Emma Laden fahren müsse. Wenn auch in Amerika stets in sehr mildem Tempo Auto gefahren wird. Ein Schumi schafft's womöglich in zwanzig Minuten?

Die Frau des Geistlichen stand mit einer Freundin plaudernd vor dem Hause.

„Hallo!" rief ich, und machte später die Erfahrung, daß dies der emsländische Gruß ist. Eine Sorge jedes Fremden: „Wie grüße ich?"

In Shanghai beispielsweise grüßt niemand, und täte man es doch, so würde man wie ein Außerirdischer wirken. „Hääää?!?! Man sagt doch nicht einfach „Guten Tag!" und du schon gar nicht, Langnase!"

Die etwas süppelige Pfarrfrau hatte trotz Höflichkeit nicht die rechte Wellenlänge zu mir, auch wenn sie zögerlich davon sprach, daß ich bei ihnen zu Abend essen könne, wenn ich wolle.

„Oder wie pflegen Sie das zu machen?" frug sie steif, weil sie keine Ahnung hat, wie man mit Geigerinnen umzugehen pflegt.

Den Pfarrer Heeren., der ja immerhin mal ein gefühlvolles Fax verfasst hat, lernte ich auch kennen, doch der erste Eindruck wirkte eher etwas seltsam.

„Ich muß schnell weg!" sagte er eilig.
„Ein Hausbesuch!" fügte er hektisch hintan, so als erkläre dies alles, und weg war er!

Wie ein ertappter Dieb war er meinem Leben mit großem Schwung entrissen worden, bevor ich ihm einen kleinen Platz in meinem Herzen einräumen konnte.

Aus der Türe trat sein zirka 8-jähriges Söhnchen – ein kleines Mondkalb – auch wenn es sagte: „Ich will mit ins Konzert!"

„Nein. Du hast morgen Schule!" sagte die Frau fast bang.

Ich frug die Frau noch, ob sie wohl auch ins Konzert käme, doch hastig faselte sie etwas davon, daß sie keinen Babysitter habe.

Seltsam! In Taiwan nehmen die Eltern schon ihre kleinen Kinder mit ins Konzert, um sie mit der Kultur vertraut zu machen – und hierzulande kommt man gar nicht auf die Idee.

Später sagte ich mir im Sinne der „Glücksformel", daß das meine Schuld gewesen sei, daß ich mich mit dieser Dame nicht gescheit angewärmt habe, da ich einfach verabsäumt habe, mein ganzes Bestreben hineinzulegen, mich tief mit ihr zu befreunden.

Weil das Negative auf den ersten Blick zu überwiegen schien – „will sie ihren Sohn denn zu einem Kulturbanausen verkommen lassen??" – habe ich das Positive nicht ausreichend gewürdigt. Ich habe mir nicht einmal die Mühe gemacht, nach positiven Aspekten ihrer Persönlichkeit zu forschen, und man sollte sein Glück doch an das Positive anknüpfen.

„Vielleicht ist sie ja nachts im Bett ein Vulkan?" dachte ich noch.

Am Abend dann das große Desaster: Es hieß, das Konzert sei überhaupt nicht in der Zeitung erwähnt worden, und das Ehepaar das gekommen war, wollte in dieser beklemmenden Atmosphäre kein Konzert erleben.

So wurde das Konzert kurzerhand abgesagt.

Ich war so geladen auf den HERRN, daß ich seinem Sohn, der von unschuldiger Kinderhand gebastelt an der Wand hing, am liebsten den Kopf abgerupft hätte.

Am meisten aber schmerzte es mich, Rehlein anzurufen, und von diesem Drama zu berichten.

Rehlein trug´s zwar mit Fassung, so doch mit entsetzter Fassung.

Ich bezog ein kleines Hotel am Wegesrand.

Samstag, 17. Mai
Hopsten – Lingen

Graumeliert. Häßlich. Nieselregen.
Am Nachmittag zarter Sonnenschein

Am Morgen tönte vor dem Fenster ein entsetzlicher Lärm auf: Eine Art Schreddermaschine kam zum Einsatz, und fand kein Ende mehr.

Hier im Emsland fühle ich mich überflüssig, und das fade Hotel kam mir vor wie ein Geisterhotel: Völlig ausgestorben, und frei von jeglicher, liebevollen Patina.

Verschiedene Details hatten mich leicht deprimant gestimmt:

Den Aschenbecher beispielsweise hatte ich in den Schrank gestellt, damit ich ihn nicht mehr sehen muß. Doch der ganze dunkelkackbraune Schrank deprimierte mich, und anhand dessen, daß sich im

Bad keine Seife fand, fühlte man so überdeutlich, wie wurst man allen ist.

In dem häßlichen, trostlosen Emsländer Milchglasscheiben-Frühstücksraum war lediglich für *eine* Person gedeckt, und hinzu in kalkweißem klobigen Geschirr wie aus dem Kolpinghaus. Eine Kneippatmosphäre! Wenig erbauend war auch der Blick aus dem Fenster: Scheußliche Häuser und Gebäude, Regentrübnis, grauer Asphalt.

Ich freute mich jedoch über die tüchtige Putzfrau aus Kasachstan, da ich ja immer wieder davon spreche, mit Rehlein Urlaub in Kasachstan zu machen.

Der Kellner war nett und zuvorkommend, obwohl böse Zungen jetzt behaupten könnten, es handele sich um eine schleimige, unechte Nettigkeit.

Auf zuvorkommende Weise brachte er mir das Ibbenbührer Tagesblatt.

In mir streiten sich beständig zwei Franziskas: Eine liebe, die sich Mühe gibt, das Gute und Positive zu sehen, und daraus ein bißchen Lebensglück zu schöpfen, und eine böse, die von *allem* auf lustvolle Weise genervt ist.

Nett fand ich, daß die Ibbenbührer Zeitung eine Willkommensseite eingerichtet hat. Dort werden alle neuen Ibbenbührer Säuglinge mit Foto und kleinen Details aus ihrem noch so frischen Leben vorgestellt. „Der stolze Papa trennte eigenhändig die Nabel-schnur durch!" (so las man beispielsweise)

Nett fände ich, wenn man auch eine Abschiedsseite mit Details zum Ableben verstorbener Ibbenbührer Bürger einrichten würde.

„Die frischgebackene Wittib behauchte die erkaltete Stirn des sanft Entschlafenen mit einem finalen Kuß."

Ich frühstückte üppig wie lang nicht mehr: Zwei zartangewärmte Brötchen mit Honig, Joghurt und sogar ein Ei!

Nach einer Weile räumte ich mein Zimmer, und später reute es mich leicht, daß ich die kasachische Putzfee, die so verloren in diesem Geisterhotel herumstand, nicht netter (mit mehr Gefühl) verabschiedet habe.

Ich besuchte den Lidl, um mir etwas Mineralbrunnen für die Reise zu kaufen, und obwohl die Schlange vor der Kasse sehr lang war, stellte ich mich geduldig hintan, und versuchte, meine Blicke für jene Dinge zu schärfen, die glücklich machen oder zumindest froh stimmen. Z.B. eine riesige Pralinenpackung mit dem Namen „Melanie".

Ob der Freudenpegel wohl anstiege, wenn man diese Packung in seinen Besitz gebracht hätt´? Wenn man sie weiterverschenkte und ein freundliches Dankeslächeln absahnen dürfe? Oder reicht der schlichte Anblick des so appetitlich und kunstvoll verpackten Naschwerks?

Dann lächelte ich einen kleinen Knirps an. Doch schon in diesem Alter haben einige Leut Mühe damit, emotional mit dem Lächeln einer Dame umzugehen.

Manchmal stelle ich mir, - so wie das Beätchen in Amerika dies zuweilen zu machen pflegt – einfach irgendetwas vor: Zum Beispiel, der weißhaarigen Seniorin vor mir, deren gebogener Rücken altersbedingt bereits zu verholzen drohte, liebevoll über den Rücken zu streicheln.

„Was soll das? Was wollen Sie?"

„Ich wollte nur ein bißchen nett sein! Aber wenn es Ihnen nicht gefällt, so höre ich augenblicklich damit auf."

Schließlich fuhr ich zur Kirche.

„Ev. reformierte Kirche" haben die ordentlichen Emsländer auf ein Schild gemalt, und kaum hat man das Schild zuende gelesen, da leuchtet bereits die Zipfelmütze der Kirche auf. Doch eigentlich müsste die Kirche „Einödkirche" heißen.

Ich stellte mir vor, die Pastorengattin Frau Heeren aufzusuchen, um zu fragen, ob ich mich mit ihr befreunden dürfe, obwohl Frau Heeren mir auf den ersten Blick als die unscheinbarste und langweiligste Frau erschienen war, die ich jemals kennengelernt habe.

„Gott hat Pastor Heeren mit dieser Frau gestraft!" dachte ich noch, wischte diesen Gedanken jedoch gleich höflich beiseite.

Plötzlich ärgerte ich mich allerdings maßlos darüber, daß Frau Heeren gestern nicht mit ihren Kindern ins Konzert gekommen ist. Im Geiste stellte ich eine Liste mit den guten und schlechten

Eigenschaften von Frau Heeren zusammen, - erst dann müsse man sorgsam abwägen, was man von ihr halten solle.

Ich dachte mich in das böse Uschilein hinein. Dies tue ich öfters, meist zum Zeitvertreib! Wie das Uschilein an meiner Stelle wohl ausgetickt wäre?

Das Uschilein hätte dem gebastelten JESUS an der Wand mit Sicherheit den Kopf abgerupft – als Zeichen ihrer tiefen Bos- und Verderbtheit.

Ich aber stand nur da, und übte zwei Stunden lang für den Abend.

Ich spielte atemberaubend, doch wie es symptomatisch ist für mein Leben, geigte ich in eine leere Kirche hinein.

Nachdem ich die heißgeübte Geige wieder in den Kasten gebettet hatte, fuhr ich nach Lingen, und kam bei häßlichem Wetter durch unglaublich häßliche Ortschaften. (Trostlos!)

In Lingen selber gefiel es mir auch nicht. Als ich meinem Auto entstieg, und erstmals diese graue, fremde Stadt betrat, übermannte mich wieder jenes beklemmende Empfinden, in einer Stadt abzusteigen, in der einen niemand liebt. „Aber heut abend nach dem Konzert lieben mich vielleicht einige?!" hoffte ich, und lief ein bißchen herum.

Schließlich suchte ich mir ein Lokal, und war sehr wählerisch dabei. Vor mir lief ein plumper junger Mann, der einen Kinderwagen vor sich herschob, und ich stellte mir vor, *wie ich ihn anspreche, und zum Mittagessen einlade, und wie er irritiert und abweisend reagiert.*

Wenig später saß ich eingequetscht in einem Winkel in einem lauten, aber nicht unherzlichen Gasthaus. Ich bestellte mir einen Pfefferminztee und einen Apfelstrudel, und las sehr interessiert im *Stern*. Der Stern bringt dieser Wochen eine sechsteilige Serie über das Seelenleben. Heut mit dem Thema „Stress", das von einem emsigen Reporter ausgequetscht wurde wie eine Zitrone. Bis die letzten Fragen zu Thema Stress ausgiebigst beantwortet waren.

Um vier Uhr war ich mit Kantor Müller an der Kirche verabredet. Eine Verabredung, die ich für mich gedanklich immer ein wenig umzuformen pflege: Der brave Kantor mit dem Schlüsselbund *verwandelt sich in einen Kandidaten, der aus der ZEIT herausdestilliert wurde. Heute wolle man die Wellenlänge prüfen, nachdem man in einigen Telefonaten bereits gemeinsame Interessen entdeckt hat?*

Beim Warten fiel mir plötzlich siedendheiß ein, daß ich vielleicht an der falschen Kirche stehen könnte?

Entsetzt eilte ich, so schnell mich meine Füße noch zu tragen vermochten, zur anderen Kirche hin, die sich gottlob in Sichtweite befand. Und die war´s!

Herr Müller war allerdings gutmütig, da er es bereits gewohnt ist, daß fast alle Künstler an der falschen Kirche auf ihn warten.

Ich fand die Zeitungsartikel, die Lust auf mein Konzert machen sollten so staksig und schülerhaft, als habe ein Lehrling den ohnehin etwas förmlich gehaltenen Artikel von Frau Münch noch zusätzlich versprödet. „Sie besuchte Meisterklassen…" stand da beispielsweise lahm zu lesen.

Als um halb acht die ersten Konzertbesucher einträpfelten, hätte Buz in mir am liebsten bei Rehlein angerufen um Freude zu schüren: „Es wird!"

Ich stellte mir vor, *wie der Herr, der die Zeitungsartikel geschrieben hat, in grausligstem Weihnachtsrundbriefsdeutsch bereits eine Rezension vorgefertigt hat: „Kleine Unebenheiten in den ersten beiden Werken ließen die C-Dur Sonate vergessen!"*

Nach dem Konzert lernte ich einen Lehrer kennen, der mich an Hans Beimer aus der „Lindenstraße" erinnerte, und eine Rezension zu schreiben plante.

In ein Oktavheft hatte er sich bereits eifrig Notizen gemacht.

Dann trat Herr Nemec, der Organist der anderen Kirche in mein Leben – ein Lustgreis in Begleitung seiner ganz jungen Tochter, die allerdings schon einen Busen hat. Er selber ist schon mindestens 77 Jahre alt. Die Herren sprachen über Geigen und Rundbögen. Etwas, was ja nicht sooo interessant ist, doch ich freute mich, daß sie gekommen waren.

Heute nächtigte ich im Hotel Kolping (45 €) mitten in der Fußgängerzone, und die Empfangsdame war freundlich wie eine Stewardess. Ich fand's super – selbst den Aschenbecher nahm ich in Kauf, da er wie ein Teller ausschaute.

Abends bekam ich fürchterliches Heimweh nach dem süßesten Ming.

Sonntag, 18. Mai
Lingen – Nordhorn

Diesig verquollen. Hie und da
schwitzige Sonnenstrahlen

Am Morgen träumte mir, *daß ich vor der Volksbank in Lanzenkirchen mit den Möllers aus Aurich plauderte. Herr Möller erzählte von der Islam-AG die er leite, und ich war ganz erschüttert, daß sich die Möllers für so einen Quatsch einsetzen.*
Dann erhob ich mich zum Frühstück.

Es fand in einem Wintergarten mit getöntem, düsteren Braunglas statt, und ich war die einzige Insassin. Ich aß zwei Brötchen und trank Kaffee, und ein dicklicher Herr schaute zuweilen nach mir, um sich zu vergewissern, daß ich zufrieden bin.

Hernach übte ich auf meiner Violine, da das Zimmer erst um zwölf Uhr besenrein zu hinterlassen war. Gestern hatte ich zu der Bedienerin noch so nett gesagt: „Ich spiele leis und zart wie eine Fee!"
Das Blätterspiel der alten Bäume vor meinem Fenster erinnerte mich leicht an Wangerooge.

Nach einer Weile packte ich zusammen und fuhr nach Nordhorn. Hoffend, daß es in Nordhorn vielleicht etwas lebendiger und kultürlicher ist als im Emsland?

Ich parkte am Fußgängerzonenbeginn, und lief durch die Fußgängerzonenarme dieses leider ebenfalls toten Ortes.

„Ich muß dringend Freunde finden!" dachte ich noch.

Schließlich hielt ich in einer etwas dunklen Nobelgaststätte am Fußgängerzonen-Scharniergelenk Einkehr, und empfand die beiden Kellnerinnen als fremd und förmlich.

„Kann ich Ihnen behilflich sein?" sagte die eine förmlich und ernst.

Ich bestellte mir einen originalen Münchner Apfelstrudel, den es im Doppelpack mit einem Kaffee zum Schleuderpreis von 3,50 € zu bestellen gab. Serviert wurde er von einer nicht mehr ganz jungen Kellnerin mit aufgeplustertem geschwärzten Haar, die ihre Verunsicherung vor dem Leben hinter einer unnahbaren Förmlichkeit verbarg.

Der Apfelstrudel schwamm in einer gelblichen Vanillesoße mit Haut, und schmeckte nach nichts.

Ich hatte Angst, die Kellnerin könne meinen 20 € Schein als 5 €- Schein umdeuten.

„Also, ich bin mir absolut sicher, daß Sie mir einen 5 € Schein gegeben haben!"

Und tatsächlich entfernte sie sich mit meinem Schein, während ich mich schon wieder mit der Frage herumplagte, was ich wohl antworten solle, wenn sie mich frägt, wie es mir geschmeckt habe?

Ihr Glück, daß sie nicht frug, und auch mein Glück, denn – sagte man die Wahrheit, - so stünde gleich ein Feindschaftsfunke zwischen uns.

Nach den vorangegangenen Telefonaten erwartete ich in meinem Ansprechspartner, Herrn Ernemann keinen übermäßig anregenden Menschen, doch später fand ich ihn, der auch ein netter Klassenkamerad von Onkel Dölein sein könnte (zirka 49 Jahre alt) doch überraschend angenehm und sympathisch.

Zu meiner großen Freude hatte mir Herr Ernemann eine Thermoskanne mit dampfendem Tee und sogar ein kleines Brötchen mitgebracht.

Ich putzte mich heraus, und trank den Tee dummerweise erst, *nachdem* ich mir die Lippen gerötelt hatte.

Dann begann mein Debut in Nordhorn. Ich freute mich sehr, weil der Saal ziemlich voll war, und spielte vor Freude und Ergriffenheit so schön ich konnte.

Zum Schluß gab´s gar eine stehende Ovation!

Ich gab zwei Zugaben. Zu Beginn der ersten Zugabe riss mir ein Bogenhaar, und da fiel mir plötzlich ein, daß Buz zu jenen Geigern zählt, die so quasi nach jedem Konzert eine Ausrede parat haben. Etwas habe ihn auch diesmal an der völligen Entfaltung seines Könnens behindert, und sei es ein gerissenes Bogenhaar gewesen.

„Und nun geht´s bei mir grad so weiter!" dachte ich, während mein spielender Bogen durch das gerissene Haar wie eine Angel ausschaute, an der noch ein Köder angebracht werden sollte.

Ein Herr wollte mir für 40 € CDs abkaufen, bloß hatte er sich ein kompliziertes Zahlungssystem ausgedacht: Er wolle mir einen Scheck auf 80 DM ausstellen, und wenn meine Bank ihn nicht akzeptiere, so solle ich ihm schreiben, und er würde den Betrag auf mein Konto überweisen.

Da borgten ihm die Ernemanns das Geld, wenn auch mit skeptischen Gefühlen, da dies ein zerstreuter Professor sei, der es gewiss bald wieder vergäße?

Herr Ernemann hat eine äußerst lebendige, in ihrer Lebhaftigkeit zuweilen fast ein wenig nervige Ehefrau, und nachdem ich mich ins Hotel verabschieden wollte, bot sie mir spontan an, bei ihnen zu übernachten, obwohl´s bei ihnen leider nicht sehr ordentlich sei.

Freudig folgte ich den Eheleuten im Auto in eine stille Vorortgegend.

Mir gefiel es sehr gut, und ordentlich genug war´s mir allemal.

Doch zunächst fuhren wir in die Pizzeria „La Gondola" und verbrachten einen sehr netten Abend.

Ich studierte die Speisekarte, doch das Gelesene zerfiel in meinem Kopf immer wieder zu Staub, da es mir schien, als sei auf jeder Pizza das Selbe drauf.

Wir sprachen darüber, wie das Ehepaar im Jahre 1985 aus der DDR rübermachte, und „ich liebe die einfache Art der DDRler!" berichtete ich, von einer jähen Woge zwischenmenschlicher Wärme gepackt.

Manchmal barschte die Frau auf laute, fast ungezogene Weise auf ihren feinen, stillen Mann ein.

Montag, 19. Mai
Nordhorn – Bad Honnef

Plätschernder Regen

Am Morgen wurde ich von der rundköpfigen Maria Ernemann geweckt, und erhob mich nicht ungern, da der Tag mit einem gemütlichen Frühstück in Gesellschaft anheben sollte.

Sogar ein Honig aus Schweden stand auf dem Tisch, und weil er so kostbar ist, hatte Mutti Maria zur Klarstellung, wem dieser Honig wohl gehöre, ein Etikett mit ihrem Namen draufgebappt.

Wir sprachen davon, daß das Singen im Chor etwas Hochsoziales sei.

Einmal mußte Herr Ernemann einen über 80-jährigen Herrn feuern, da er immer alles um einen viertel Ton zu tief sang, und den guten Eindruck, den der Chor ansonsten zu hinterlassen pflegte, empfindlich trübte.

Doch mit dieser scheinbar unvermeidlichen Feuerung, beraubte er den alten Mann der letzten verbliebenen Freude seines Lebens..

Um zehn Uhr mußte sich Frau Ernemann zum Zahnarzt verabschieden. Mich verabschiedete sie nett auf DDR-Art mit einer Umarmung, während sie ihren Mann bei der Verabschiedung einfach überging, da er grad wie Herr Meyer für *seine* Frau, in all den Jahren zu Routine geworden ist.

Später umarmte Herr Ernemann mich auch, während es in mir bereits gearbeitet hatte, wie ich die Verabschiederei wohl gestalten solle, so daß ich von einer diesbezüglichen Unschlüssigkeit direkt ein wenig nervös geworden bin.

Nach der Umarmung breitete sich ein leichtes Verliebtheitsgefühl zwischen uns aus, und Herr Ernemann sagte mir gar eine Nettigkeit: Daß ich ihm Spaß gemacht habe.

Aber eigentlich wollte er etwas anderes sagen. Man weiß bloß nicht, wie man die richtigen Worte in der Kürze der Restzeit auf die Schnelle aus seinem Hirn herausklauben soll? Die Sanduhr der gemeinsamen Zeit rieselt mit einem Schwapp einfach aus.

Über die Straße hinweg, rief ich Herrn Ernemann noch eine Freundlichkeit zu. Mir blieb jedoch lediglich das Gefühl zurück, daß er es mit seiner beginnenden Schwerhörigkeit nicht mehr gescheit verstand, und mir ein wenig traurig hinterher blickte.

Ich fuhr meinem nächsten Abenteuer entgegen: Dem Besuch beim Friedel.

In strömendem Regen entstieg ich meiner Limousine.

Der Friedel stand hinter dem Küchenfenster, und beschäftigte sich nach Art eines modernen Menschen mit seinem Läptop.

Freudig wurde ich willkommen geheißen, und lernte die Rosa, die geheimnisvolle Neue an seiner Seite erstmal in Form zahlreicher Fotos kennen.

Die Rosa hatte ich mir nach der Schilderung einer gemeinsamen Bekannten gänzlich anders vorgestellt.

Nach den sehr plastischen Beschreibungen war vor meinem geistigen Auge *eine Variation von Frau Vitzthum in Ofenbach aufgeschienen – jedoch in jung und schön. Eine lebensgegerbte dauerentrüstete Ehefrau entstieg nach mehreren Tauchgängen lachend und fröhlich dem Jungbrunnen.*

Doch stattdessen tauchte nun eine Variante von Friedels Mutti Antje auf. Eine schlanke Dame mit einem in die Breite gezogenen Flötistinnenmund.

Wir riefen die Imke an – ein einst liebreizendes Fräulein, das glühend in den Friedel verliebt war, und auch kein Geheimnis draus machte, da sie mit ihrer reinen Seele die Meinung vertrat: „Kann denn Liebe Sünde sein?"

Dies aber ist viele Jahre her.

Ich freute mich so sehr auf die Teestunde bei ihr, und beim Zeitaushandeln hoffte ich, daß wir nicht zu lange darauf warten müssten.

„Die letzten Minuten vor einem Wiedersehen nach so langer Zeit sind die längsten!" bescherzte ich die Imke vertraulich von Frau zu Frau, und sogar der

Gisela sprach ich auf Band, auch wenn ihre Stimme auf dem Anrufbeantworter so beklemmend kühl klang.

Zunächst allerdings fuhr ich mit dem Friedel zur Antje. Ich erfuhr, daß Ming so wie im Hit von der Michele besungen, nur „der Liebe lebt". Die ganzen Ersparnisse, die Ming als Nichtverdiener vielleicht hat, gehen für seine Leipzig-Besuche drauf.

Besuch bei der Antje:

Nach langer Zeit sah ich meinen kleinen Großvetter Fabian wieder: Mit einem verstopften Nasenloch auf dem Arm von Mutti Mel musterte mich der Lang- und Dünngewordene auf undefinierbare Weise.

Omi Antje mit ihrer kastenförmig aufgeplusterten Frisur beplauderte mich leicht manisch.

Die Alexandra, Antjes Jugendsünde, war zu Besuch, und die Antje erzählte, daß ich ihr viel näher stünde, als ihre eigene Tochter, und meinte, daß sie es nicht ertragen würde, wenn die Alexandra bei ihr wohnen würde. Ferner erzählte sie vom hohen Frömmigkeitspegel ihres Enkels Simon.

Ihre 18-jährige Enkelin Vera wohnt mit einem 30-jährigen Neonazi in Köln zusammen.

Doch die Vera ist ganz und gar gegen Nazis eingestellt, und versucht ihn zum Guten rückzubekehren.

Der Friedel hatte eine fantastische Wellenlänge zur Alexandra, die ausschaut, als sei´s die Neue an seiner

Seite. Sie sieht aus wie das Gesangswunder „Nicole" – eine sich vertraut anfühlende Frau mit langen, güldenen Locken.

Dann fuhren wir zur Imke.

Der Friedel konnte sich an die Imke gar nicht mehr erinnern. Er hätte nicht mit Sicherheit sagen können, ob er wohl mal eine heiße Nacht mit ihr verbracht hat? Aber nach all den Jahren hätte es wohl auch die Imke nicht mehr mit Bestimmtheit sagen können.

Die Imke als Frau eines Rechtsanwalts, den man allerdings rechtsanwaltsgemäß nicht zu Gesicht bekam, wohnt in einem sehr feudalen Haus mit ganz hohen Zimmern. Natürlich begrüßte man sich nett mit einer dicken Umarmung. Wir lernten all ihre Kinder kennen, und der kleine Leonardo (8 Jahre alt) spielte ohne großes Federlesen, und hinzu blitzsauber auf der Violine vor. Einer der Zwillinge stieß sein Milchglas um, weil es ihm zu wenig war, so daß der schöne Kuchen, den Mutti Imke gebacken, und mit Puderzucker bestäubt hatte, davon mit Milch besudelt wurde. Mit am Tisch saß ein liebliches Au-par-Mädle aus der Mongolei.

Der Friedel legte so eine ansprechende patente Art an den Tag. Er hievte die Kinder abwechselnd in die Höh.

Heut unternahmen wir mehrere Besuche, doch die meisten davon – bis auf jenen bei der Antje, wo mich immer so ein Geborgenheitsgefühl erfasst, und natürlich den Grundbesuch beim Friedel, bereute ich alle leicht.

Jenen, den ich am meisten bereute, absolvierten wir jetzt: Wir fuhren zu Friedels Freund Horst in die Goethestraße, und der Horst ist so ein komisches älteres Männlein geworden.

Die Kinder, wasserdicht verpackt sprangen in den Pfützen herum, und die Frau vom Horst stand schicksalsergeben daneben, und schaute sich diesen Unsinn an.

Der Horst zeigte mir sein schönes Gartenhäuschen, das er selber gebaut hat, und plötzlich konnte ich es verstehen, wie verletzend es gewesen sein muß, als der Rüdi, ein anderer Freund, geraten hatte, einen Container zu bestellen, und alles wieder abholen zu lassen. In dürren Worten erzählte mir der Horst, wie der Rüdi das gesagt habe, und es klang für mich so, als sei der Rüdi davon für ihn gestorben.

Ich fühlte Beklemmungen, weil der Horst sich so verändert hat, und plötzlich ein alter Mann geworden ist.

Als Friedel und ich uns verabschiedeten, heulte das Söhnchen des Hauses in der Pfütze ganz laut, und von diesem traurigen Anblick wurde wieder das Doc mit der ohnehin schwer schließbaren Tür in Friedels Seele geöffnet: Er vermisste seine Töchter!

Zusammen mit Friedels Zwillingsbruder Heiner fuhren wir zu Heiners Sohn, dem einsam in der Stadt wohnenden Florian, um ihm einen kleinen Kühlschrank vorbeizubringen.

Dem Florian gegenüber legte der Heiner eine fast beklemmende Strenge an den Tag, obwohl er ihm doch andererseits ein so schönes Hochbett gebastelt hat. Doch statt seinen Erstling zu begrüßen, machte er gleich einen Ermahnungswirbel.

Der Florian hat fast immer die Rolläden herabgelassen, weil er fast immer nur Computer spielt, und die Zeit für sich arbeiten lässt. Er scheint nach dem bewährten Motto „Kommt Zeit kommt Rat" zu leben?

Zu vorgerückter Stund´ - es dämmerte, und der Regen versetzte den Tagesrest in eine blassbräunlich feuchte Weltuntergangsfärbung - unternahm ich mit der Antje einen Schirmspaziergang in plätscherndem Regen. Wir wanderten zu jenem Haus, wo Alexandras Adoptivbruder Thorsten lebt. Doch die Antje wollte nur die Klingelknöpfe betrachten.

Am Abend besuchten Friedel und ich die Gisela, die soeben mit einem länglichen Blumentopf auf ihrem Balkon beschäftigt war.

Die Gisela leuchtete auf, als sie den Friedel sah, und ich schaute wie paralysiert auf ein Loch in ihrem Strumpf, aus dem der bloße dicke Onkel ragte.

Sie bat uns in die Stube herauf, wo ihr Sohn auf dem Sofa lag, um ein schweres Leiden auszukurieren: Das pfeiffersche Drüsenfieber. Der zirka 14-jährige karamellfarbene Jüngling, der seiner Mutter nur

Freude bereitet, trägt bereits ein kleines Bärtchen, und als er den Friedel sah, lächelte er erfreut und höflich, so jedoch krankheitsbedingt auch ein wenig matt.

Giselas vierjährige Tochter Diana schlief bereits, und als Mutti Gisela sie uns zeigen wollte, fühlte es sich an, als wolle man jemandem eine Schlange im Terrarium vorführen. („Ja, wo ist sie denn?")

Beim Blick aus dem Fenster von Giselas Küche sah man in einer anderen Küche gegenüber eine uralte alte Omi herumwackeln, die schon viele tausend Jahre alt schien.

„Manchmal winken Diana und ich ihr zu!" verriet Mutti Gisela.

Wir erfuhren, daß die Diana eine schrecklich kreischige Stimme habe. Beim gemeinsamen Urlaub in Österreich wäre Mutti Gisela am liebsten am ersten Abend wieder nach Hause gefahren.

Auf einem Foto an der Wand schaut die Diana so bedrohlich aus, während Giselas Söhnchen als Einjähriger so glücklich ausschaute.

Über die Diana sagte der Friedel auf der Heimfahrt in dichterischen Worten: „Angefüllt mit Kampfeslust!"

Dienstag, 20. Mai
Bad-Honnef – Aurich

Wechselhaft. Am Morgen Sonnenschein, dann
bewölkt. Auf der Reise z.T. gischtige Regenstürme

Mein Traum liegt wie ein Spinnweben auf meiner
Erinnerung. Griffe ich danach, so würde er zerfallen.

Beim Erwachen richtete ich mein Ohrenmerk
schon ein bißchen auf's Treppenhaus, da ich der
Doris gestern einen Zettel auf die Fußmatte gelegt
hatte.

Schon klingelte es an der Türe, ich zog mich ganz
rasch an, und begegnete ihr, die mir als Freundin
bereits zu entgleiten droht a) oben ohne (sprich,
ohne Kontaktlinsen), b) mit einer Moppfrisur auf
dem Haupt und c) einer Knoblauchfahne. Ein
Blitzbesuch wurde daraus, da die Doris gleich um
zehn einen Termin hatte. Weil ich sie nur
verunschärft sah, hätte ich hernach gar nicht mehr
zu sagen gewusst, ob der Besuch überhaupt schön
und herzlich war? Ich sah eine scharfe Frau
unscharf.←(Ein Paradoxon)

Nachdem die Doris sich entfernt hatte, widmete
ich mich dem Friedel, der morgens gleich als erstes
den Computer anwirft, um die Nachrichten
anzuschauen. Bei dieser Tätigkeit hat der Friedel die
Ausstrahlung eines Hagestolz´, und man empfindet
ihn gar nicht mehr als „Hälfte von etwas".

Ich frühstückte nur ein kleines Brot, weil ich gemeint und gehofft habe, wir frühstückten um elf bei der Antje, und ich große Lust gehabt hätte, die Alexandra nochmals zu genießen, da man ja ahnen kann, daß man sich nach menschlichem Ermessen in diesem irdischen Leben nicht noch einmal begegnen wird.

Ich beplapperte den Friedel und später auch die Antje darüber, daß ich den Heiner so gerne spontan mit nach Aurich nehmen würde, da er jetzt ohnehin in einem Alter angelangt ist, wo man jederzeit durch einen Herzinfarkt aus den alltäglichen Alltagsab-läufen gerupft werden könnte.

Sehnsuchtsvoll schaute sich der Friedel die gestrigen Fotos von der schönen Gisela an, da er es so toll findet, daß die Gisela ständig so fröhlich lacht. Man schaut sie an, und blickt in ein lachendes Gesicht.

Ein Frühstück fand um elf Uhr leider nicht mehr statt, doch ich half der Antje beim Salat zerkleinern.

Nach einer Weile trat auch die Alexandra in die Küche, und ich begrüßte sie – eine lockere junggebliebene, so jedoch bereits 44-jährige Dame mit lose stimmender Wellenlänge sehr herzlich mit einer Umarmung, da es sich ja strenggenommen um meine Halbkusine handelt, auch wenn kein Tropfen identisches Blut in unseren Adern fließt.

Später kam der Heiner noch hinzu, und war sehr fröhlich gestimmt. Wir „Kinder" (alle über 40!)

saßen am Kindertisch, während sich Antje und Kläuschen auf die Terrasse zum „Bübeli II" setzten – dem kleinen Fabilein.

Später passierte mir eine kleine Peinlichkeit.

Ich listete dem Friedel etwas infantil auf, an wessen Seite ich für mein heutiges Foto wohl fotografiert zu werden wünsche.

„Mit dem Kläuschen!" sagte ich zärtlich, jedoch ganz laut und vernehmlich, ohne zu ahnen, daß das Kläuschen im Nebenzimmer war, aus dem er soeben über die Schwelle trat. Peinlich berührt über den infantilen Ausruf, der noch im Zimmer nachzubeben schien, widmete ich mich dem Kläuschen ganz besonders intensiv. *Scheinbar* lauschte ich seinen Referierungen über die Musik von J.S.Bach.

Aus übergroßem Wiedergutmachungstrieb heraus, lauschte ich seinen Ausführungen wirklich interessiert und anteilnehmend, während ich sein Gesicht nach Spuren von Verärgerung durchforstete – froh und dankbar, keine zu finden.

Nach dem Mittagessen fuhren die drei Geschwister Friedel, Heiner und Alexandra nach Köln, um Alexandras 18-jährige Tochter zu besuchen, die dort mit dem 30-jährigen Neonazi zusammen lebt. Beim Abschied gab sich die Antje gänzlich unsentimental.

„Bist du nicht ganz traurig?" frug ich, dieweil mir selber ganz schwer ums Herz war.

„Überhaupt kein bißchen!" sagte die Antje und mußte sich direkt ein bißchen Luft machen, <u>wie</u> froh sie jetzt sei, daß die Alexandra die Fliege gemacht habe. Sogar vom Gast und dem Fisch, die je nach drei Tagen zu stinken beginnen, war die Rede.

Am Nachmittag verabschiedete auch ich mich.

Auf einem Rastplatz entfaltete ich die BILD: Verona verrät, was es wird.... Seite vier: Ein Junge!
„Veronas Augen strahlen wie Scheinwerfer", stand da in häßlicher Pseudopoesie zu lesen.

Gegen 21:10 war ich wieder daheim beim süßesten aller Rehleins.
Rehlein blühte auf der A-Seite und mir wurde ein köstlicher Fisch serviert.

Mittwoch, 21. Mai

Sehr trübe. Oftmals starker Regen.
Zuweilen aber auch etwas aufgeklart

Ich träumte, *daß ich in die Rückblicksphase gekommen war, in deren Banne stehend ich nun ganz entfernte, lang vergessene Bekannte aus uralten Zeiten anrief: Beispielsweise Buzens alte Schülerin Verena Schur, von der es hieß, sie sei in Wolfratshausen mehr oder minder glücklich mit einem groben Landwirt verehelicht, der Mittags morastverkrustet schweigend sein Mittagsessen löffelt, und hernach augen-*

blicklich wieder verschwindet. Dies wußte ich traumesbedingt einfach! *Der Landwirt selber hob ab, und als ich höflich nach der Verena frug, sagte er etwas der folgenden Art: „Sie ist definitiv da!" Dann sagte er noch etwas, was ich definitiv nicht verstand. Richtig! Ich war ja alt geworden, und meine Ohren hatten nachgelassen. Dies vergaß ich zuweilen, und erst beim Telefonieren fiel es mir wieder ein. Doch während ich noch höflich: „Biddö?" sagte, hatte der Landwirt seine Frau bereits an den Apparat geholt. Besonders erfreut schien sie mir allerdings nicht, und beantwortete meine Fragen angestrengt und lustlos – einen unverhohlenen Auflegeschwung ausstrahlend.*

An diesem regnerischen trüben Tag fühlte ich mich leider langweilig an, während mir Rehlein auf lebendige Weise einen Traum erzählte. Wie sie beständig auf´s Klo musste. Vor einer Klokabine standen bereits zehn Putzfrauen Schlange, und nötigten Rehlein immer auf´s Aufdringlichste, sich gefälligst hinten anzustellen. Doch Rehlein wollte doch gar nicht Kloputzen sondern mußte dringend aufs Klo! Da suchte Rehlein sich ein anderes Klo, doch dort stand bereits ihr Kollege Wolgang Strauß und sagte: „Nein! Das ist mein privates Klo für mich und meine Schüler – verschwinde hier bitte!"

Als wir mit unserem „Höhepunkt der Woche", der „Lindenstraße" anheben wollten, kam Frau Münch zu Besuch, um letzte Finessen bezüglich der Reisen nach Lingen und Schüttorf zu besprechen.

Während des Besuchs prasselte ein Weltuntergangsduschregen los.

„Oh, Gott! Mein Fenster steht offen!" rief ich erschrocken. Rehlein wollte grad damit anheben, mich auszuschimpfen und mich mit einem gewissen Jemand zu vergleichen, doch dann fiel ihr siedendheiß ein: „Oh Gott! Meins auch!" und wir rasten in wildem, ratternden Tempo die Treppen hinan…

Um elf Uhr kam Frau Schinke, und brachte uns ein Sträußlein mit. Leider hatte Frau Schinke heut ihre Kinnstütze vergessen, die Buz ohnehin nicht gutheißen kann. Doch ohne die Kinnstütze, die die Viola zwischen Kinn und Schlüßelbein einklemmt, rutscht ihr die Bratsche beim Spiel beständig hinab.

Frau Schinke war ein wenig traurig, daß sie im Alter so vergesslich geworden ist.

Ich bastelte ihr eine Ersatzstütze aus einem Tuch, und wir nahmen ein Streichquartett von Haydn durch. Frau Schinke zeigte mir jene Stellen, die nicht klappen wollten.

Der Unterricht machte mir keine große Freude, da er sich darauf beschränkte, Fingersätze zu ersinnen, und ich darüber hinaus leider kein großes pädagogisches Durchsetzungsvermögen in mir flammen fühle. Ohne ihre Stütze sah Frau Schinke ganz verspannt und entwurzelt aus, und Rehlein meinte hernach mitleidsvoll, daß die alte Dame sicher nicht mehr lange käme, da sie doch schon so alt ist!

Frau Schinke bleibt nie zum Tee bei uns, sondern strebt immer gleich nachhause zu ihrem Mann. Doch als sie sich zum Gehen anschickte, regnete es so unerhört stürmisch, und das süßeste Rehlein zwängte die alte Dame so engagiert in eine Regenjoppe und hielt einen Schirm über das graumelierte Haupt.

Ich stellte mir vor, *wie Frau Schinke sich immer große Mühe gibt, pünktlich zu sein, und dennoch sagt ihr Mann brummig: „Du hast wiedermal getrödelt, Frau!"*

Ich selber fühlte mich so lahm, als seien meine Strümpfe auf dem Boden angenagelt, so daß ich mich nicht hinfortbewegen kann.

Rehlein bat mich, den Bratschenunterricht mit der Maria in die oberen Zimmer zu verlegen, da sie so etwas wie Frau Schinkes Intonation heute nicht ein zweites mal ertragen würde. Dort unterwies ich die Maria in der Arpeggione-Sonate, die leider immer noch nur „mittel" klang.

Später saß die Maria noch mit Rehlein & mir beim Tee, und Rehlein bot uns von ihrer Tobleronentafel an, die sie sich heut als Huldigung an ihre Schwiemu gegönnt hat – denn die Omi Ella hat *ihre* Schokolade gefunden: Die Toblerone!

Wir sprachen darüber, wie Frau Möller, die zuvor schon einmal verheiratet war, ihrem Kollegen Herrn Möller verfiel.

Dann sprachen wir über die greise Frau Priwitz, die sich jetzt anschickt, Opas Rekord zu knacken. „Sie nimmt Kurs auf Opas biblischen Altersrekord!"

sagte ich fassungslos, da ich den Gedanken, Frau Priwitz könne älter werden als der Opa einfach nicht ertragen kann.

Am Abend rief Ming aus Ofenbach an.

Wir erfuhren, daß das Konzert mit der Dorli toll, und der Besuch Buzens äußerst angenehm verlaufen sei. Ich selber hatte überraschend eine Logorröh bekommen, und quoll fast über vor Mitteilungsdrang.

Um dem Sturm an Information entgegenzuwirken, hatte Ming bereits angedeutet, daß er gleich zum joggen aufzubrechen gedächte.

Weltfremd und resolut, auf die Weise einer 88-jährigen, die das Geographische ein wenig durcheinanderwirbelt, sagte ich:

„Da hinten schweben schon ganz schwarze Wolken herbei! Renn schnell los, damit Du nicht nass wirst!"

Und dann beplabberte ich Ming auch noch darüber, daß ich nicht möchte, daß er denkt, daß die Telefonate mit mir nie ein Ende finden und vielleicht so, wie ich einen „Arno*-Filter" einen „Kika-Filter" in sein Telefon einbaut?

*Ein Herr, der bei seinen Telefonaten kein Ende zu finden pflegt

Rehlein hatte uns eine köstliche und äußerst appetitlich anzusehende Quarkspeise zusammengerührt, und dazu lief ein Film mit dem Anwalt Abel: „Mörderherz". Ständig war von Herzoperationen die Rede, so daß ich mich bald retirierte, zumal ich die Dialoge zwischen Mann und Frau in den Mittelklassefilmen meist lachhaft finde.

Donnerstag, 22. Mai

Äußerst regnerisch

Heute hatte ich mir mit meiner Schankstubenmutti Rita gar nichts Rechtes zu erzählen, da die Rita voll und ganz auf Männer fixiert ist.

Ich saß da, trank einen Kaffee und las die BILD: „Sie Teufel Bin Laden!" schrieb der Papst-Fän F.J. Wagner in seinem täglich Brief in welchem er „die Stimme des kleinen Mannes" einzufangen sucht.

Ferner hat sich BILD zur Aufgabe gemacht, jeden Tag irgendjemanden berühmt werden zu lassen: Heute die 20-jährige Julia aus Leipzig – bloß leider nicht unsere!

Mit der Berühmtheit geht´s nun ganz schnell:

Es wird ein Video-Clip mit dem Superstar ALEX gedreht, und schon ist man – zumindest für die nächsten 24 Stunden – in aller Munde!

Dann radelte ich wieder heim, und lernte mit großer Freude den dritten Satz von Beethovens Streichtrio op. 9/2, der sich so butterweich lernte.

Hernach übte ich sehr gründlich an Ysayes vierter Sonate herum, doch dadurch, daß ich bei der Arbeit immer an andere Dinge denke, weiß ich gar nicht, ob´s sie was nützt?

Beispielsweise mußte ich an den Friedel denken, und überlegte, daß der Friedel, nachdem das Schicksal nun seit mehr als 40 Jahren an seiner Persönlichkeit herumgehämmert hat, emotional vielleicht gar nicht mehr in der Lage ist, mit der wahren Liebe einer Frau umzugehen?

„Wie Udo Jürgens!" rief ich fröhlich aus, da es ja im Grunde ein schmeichelhafter Vergleich ist.

Ich erinnerte mich an Worte von Udo Jürgens: Wenn eine Frau zu ihm sagt: „Ohne dich kann und will ich nicht weiterleben!" so ist bei ihm der Ofen aus. Und dabei kann man sich doch gar keine tiefere Liebeserklärung einer Frau denken!

Am Vormittag sah man durch´s kleine Fenster in Buzens Zimmer den Pfarrer Röbel als ungebetenen Besucher aufblitzen, und ich fühlte mich gereizt, da ich meine Zeiten als Bürodame einhalten wollte.

Rehlein hatte mir unlängst ein wenig vorreferiert, wie der Geistliche zwar nach außen hin ständig Gutes tut – doch damit sammelt er Bonuspunkte, die er bald schon schamlos einfordert:

„Ich hab zwei gute Freunde. Die würden gerne mal ein bißchen Musik bei Euch machen!" sagt er beispielsweise, und schaut einen dazu treuherzig wie ein Gartenzwerg an, so daß man schon ein Herz aus Stein haben müsste, seine Bitte abzuschlagen.

Doch man kann Herrn Röbel nicht böse sein, und so sind wir Damen immer ganz nett zu ihm.

Wie vorauszusehen betätigte er die Schelle, trat über die Schwelle, und während er seine Regenjoppe an den Kleiderhaken hängte, brannte er darauf zu erfahren, wie es wohl bei der Imke gewesen sei?

Lebhaft erzählte ich, daß Imkes Gatte, Herr Schlönhoff, der reiche Rechtsanwalt, den man praktisch nie sieht, da er ja das Geld herbeischeffeln muß, dem Friedel vielleicht bald einen verärgerten Brief schreibt? „Sie haben meine Frau verhext!"

Aber auch nach seinem eigenen Eheglück befrug ich Herrn Röbel, und sah zu dieser Frage im Geiste die gepuderte Frau vor mir.

„Manchmal langweilig, aber manchmal muß ich mich auch über sie aufregen!" sagte der Geistliche zwanglos, und dann ging er wieder so schnell, wie er gekommen war. Zuvor gab er mir allerdings ohne jegliches Motiv einen zarten Kuß.

Zur Mittagsstund freute ich mich sehr über das Mittagsessen.

Rehlein hatte ein köstliches Süppchen mit selbsterfundenen Klößen zubereitet, und bei Aldi hatte Rehlein als Nachspeise eine unerhört leckere Cappuccino-Keks-Schokolade gekauft.

Wieder betätigte ich mich als Spitzensekräterin und arbeitete an einem Brief für Frau Aicher in Herrenberg, die mir am Telefon so nett und vertraut erschienen war, als sei's eine Großkusine. Fast wäre sogar ein etwas wunderlicher Brief daraus geworden, da ich folgenden, in einem Geschäftsbrief leicht stilwidrig wirkenden Passus bereits niedergetippt hatte: „Sie haben es ja wohl gemerkt: Als Sie mich nach meinen Honorarvorstellungen befrugen, bin ich so mehr oder minder in ein Murmeln verfallen, was darauf zurückzuführen ist, daß just in dem Moment meine Mutter das Zimmer betrat. Und Sie wissen ja gewiss, daß Mütter es immer gerne sehen, wenn ihre Kinder saftige Gagen aushandeln?"

Einmal kam Herr Berke unter dem Vorwand, daß er vielleicht seine Jacke vergessen habe.

„Da ist jemand für Dich!" sagte ich zu Rehlein, das soeben in ein Klangewebe am Klavier verstrickt war rätseldurchwoben.

Unser seltsamer Hausfreund blieb ganz lange, und später sah man ihn an einem schlanken Baumgewinde mit rotkohlfarbenen Blättern vor unserer Haustür umeinanderscheren.

Rehlein wollte, daß ich Tee aufbrühe, doch diesmal war ich´s, die auf Art von Herrn Berke neckisch sagte: „Jawohl. In 14 Tagen!"

Herr Berke hatte den Baum zuende geschnitten, und kehrte in die Stube zurück.

„Weißt du, was es gemacht hat?" sagte er zum dankbaren Rehlein. „Spaß!"

Ich selber drängelte meine Tätigkeiten emsig zusammen, weil ich mich schon so auf den Besuch von der Bärbel um halb neun gefreut hab. Zuerst hetzte ich zur Post, dann zum Fitnessklub – je in zartem Nieselregen auf dem Radl.

Kurz bevor die Bärbel zum Abendessen kam, zeigte sich unser hibbeliger Hausfreund nochmals vor dem schlanken hohen Fenster zu Buzens zum Büro umfunktionierten Schlafzimmer.

Ein Blitzbesuch war´s, und das süße Rehlein war ein bißchen verdattert, daß ich ihn nicht zum Abendessen dabehalten hatte. Doch ich hatte das Gefühl, daß Bärbel und Herr Berke sich nicht so recht mischen würden – zumal auch Bärbel und Rehlein nicht wirklich gut zusammenpassen, und so schien es bequemer, sich mit nur *einem* unpassenden Gast zu arrangieren.

Die Bärbel brachte uns sehr nett zwei Rosen mit. Rehlein hatte so schön den Abendbrottisch gedeckt, und es wurde „ganz nett". Man sprach über den Anbau und diverse Aspekte der Gesundheit (z.B. Zahnüberkronungen).

Ganz zum Schluß, als sich die Bärbel gegen halb elf auf den Heimweg begab, rief Ming an, und wir erfuhren, daß „der treue Husar" „der Liebe wegen" morgen früh nach Leipzig reist.

Heute konnte ich die anvisierten „40 Konzerte" feiern, die ich mir arrangiert habe. Doch jetzt beginnt der zähe Kampf ums Publikum, und man frägt sich ahnend, ob überhaupt jemand kommt?

Freitag, 23. Mai

Regenzeit. Meist sehr graumeliert.
Stellenweise Tröpfchengeregne.
Als ich noch im Bette lag,
hörte man trostlos vor sich hinplätschernden Regen,
dieweil wir z.Zt. die Regenzeit durchleben

Während Rehlein ihre Radiogeschichte hörte, schaute ich „Hallo Deutschland".

Ein Beitrag schien mir von erhöhtem Interesse. Von der seltsamen Freundschaft und Seelenverbundenheit eines dreijährigen Jungen mit einem hundert Kilo schweren und vier Meter langen Python, in die er sich hineinschmiegte, als sei´s ein Planschbecken aus Gummi, und zu diesem Beitrag erschien auch das süßeste Rehlein.

Ich schaltete den Fernseher ab, um mich Rehlein besser widmen zu können, und Rehlein erzählte eine empörende Geschichte, die Frau Möller widerfahren ist. Frau Möller konnte gestern nicht walken, weil sie so schrecklich viel für die Schule arbeiten mußte.

Einmal habe sie in mühsamer Kleinarbeit ein Scheinabitur vorbereitet, damit die Schüler den Ernstfall proben. Doch kein einziger kam zu diesem so schönen Angebot, und als sich Frau Möller beim Direktor über das Desinteresse der Schüler beklagte, sagte der Direktor in Friesenlogik und völlig unpassend zu der Geschichte: „Dann gebense die Stunde doch einfach nach!"

Meine Karrierestunde tröpfelte vor sich hin.

Ganze drei Bewerbungen wurden fertig, und in keine einzige davon setzte ich irgendwelche Hoffnungen. Wieder fehlte mir ein begeistertes „Au ja!" Der Kimu Nägele aus Bad Wiessee sprach gleich davon, daß er keine Gagen zahlen könne, und daß man nicht garantieren kann, „ob wer kommt"? Kantor Knörr aus Rotenburg ob der Tauber sprach von einer „langen Wartezeit" auf die man sich gefasst machen müsse.

Von einem Herrn, dem ich schrieb, weiß ich nicht einmal, ob es den wirklich gibt, oder ob ich einem Phantom geschrieben habe – denn ich fühlte mich wie jemand, der Buz einen Brief schreibt, und beim Namen und der Adresse etwas durcheinandergewirbelt hat.

Musikalischer Leiter: Graf Enno
Wolfram-König-Straße 23
„Sehr geehrter Graf Enno!"

Mittags saß ich mit Rehlein beim Kaffee. Ich wollte so viel Glück wie irgendmöglich in meine höchst beschnittene Freizeit bis 15 Uhr hineinquetschen, doch leider alles auf einmal, so daß sich die anvisierten Tätigkeiten (den *Stern* lesen (über Phobien – Teil II der interessanten Serie über Seelenkunde), „Die Glücksformel" weiterstudieren, fernsehen) in meinem Hirn stauten, und eine Tüchtigkeitsverstopfung auslösten.

Für 17 Uhr hatte uns Frau Saathoff zu Tee und Kuchen eingeladen.

Vor dem Hause von Frau Saathoff saß eine Katzen und schaute uns entsetzt an.

Rehlein und ich warteten auf eine zugegebermaßen etwas infantile Art darauf, daß die Uhr genau 17 Uhr schlüge, so daß wir den Klingelknopf punktgenau betätigen konnten.

„Pünktlich wie die Könige!" sagte Frau Saathoff und hatte ganz am Anfang eine eher etwas lehrerinnenhafte Ausstrahlung.

Dann wollte die hebefreudige Frau Saathoff am hellichten Tage Wein trinken. Doch mit ihrem altmodischen Korkenzieher ließ sich die Flasche einfach nicht entkorken. „Da muß ich Frau Aden bemühen – die Nachbarin!" sagte Frau Saathoff und erhob sich, und ich bin immer froh, wenn ich etwas Lustiges einflechten darf. „'Was?? am hellichten Tag??" sagt Frau Aden ganz entgeistert. „Das ist doch wohl nicht Ihr Ernst?!?!'""

Doch Frau Saathoff ist keine große Zuhörerin, dieweil sie doch lieber ihre eigenen Geschichten aus Schlesien erzählt, und Rehlein muß es ihr immer übersetzen, was ich da wieder Köstliches gesagt habe.

Rehlein und ich tranken nur Kräutertee, und einmal schrillte das Telefon auf. „Die Jutta!" rief ich prophezeiend aus. Ich stellte mir vor, wie die Jutta, *die doch immer so mit ihrem bißchen Zeit geizt, und noch nie von alleine angerufen hat, plötzlich doch in Plauderschwung geraten ist, und ganz lange mit Schwiemu Erika klönen möchte.*

Tatsächlich war´s die Jutta!

Frau Saathoffs Stimme bekam einen erfreuten leuchtenden Klang, und genußvoll sprach sie den Namen eines schlesischen Ortes aus. Doch es wurde nur ein Blitztelefonat. „Danke. Okay!" sagte die Jutta auf die Art hibbeliger junger Leute, und legte einfach auf. So als würde sie denken: „Nun mach mal halblang, Omi!" und dabei hatte *sie* doch angerufen um zu erfragen, wo Frau Saathoffs Mutti geboren sei. Dies womöglich, weil sie an Frau Saathoffs Sparbuch ran will, wo man Fragen beantworten muß wie beispielsweise: „In welchem Ort ist Ihre Mutter geboren?"

Eine Frage, auf die sich die überraschte Frau Saathoff keinen Reim machen konnte. Doch sie freute sich, Rehlein und mir nun von ihrer Mutter erzählen zu dürfen.

Wir erfuhren, daß Frau Saathoffs Mutti, die heute 102 Jahre alt wäre, jedes Jahr schwanger wurde. Doch alle Kinder ließ sie wegmachen. Etwas, was ihr auch mit ihrer Tochter Erika vorschwebte. Doch dann flutschte ihr beim Händewaschen dauernd die Seife aus der Hand. Etwas, das sie als Zeichen deutete, diesen Unfug zumindest dieses einemal zu unterlassen.

Auch über den Doppelgänger vom Peter, einem Hornisten im Orchester orakelten wir. „Hat man den mir weggenommen?" frug sich Frau Saathoff.

Einmal entschwand Frau Saathoff zu Frau Aden, um den Korkenzieher zu holen, so daß Rehlein und ich für einen kurzen Moment sturmfreie Bude hatten.

An der Pinnwand hingen lauter sorgsam durchgearbeitete Zeitungsberichte. So auch über den Mord an der kleinen Julia.

Vieles in diesem Artikel war gewissenhaft unterstrichen, und mit feingeschwungener Schrift hatte Frau Saathoff hinzugeschrieben „In 90% der Fälle war´s der Nachbar!"

Später erzählte Frau Saathoff, daß sie dort alle Artikel hinhängt, die sie faszinieren.

Es gab Gugelhupf und kleine mit feinen Löchern übersähte runde Kekse der Firma „Ritz", die Frau Saathoff je mit einem Klecks Frischkäse betupft hatte, und nachdem ich einige davon genascht hatte, und mich auf meine schlanke Linie besinnen mußte, wurde ich sehr müde, und sehnte mich nach Hause.

Dann kam aber noch die Rede auf den jüngst verstorbenen Winfried, der Frau Saathoff immer wieder einen Brief schickte, und sogar Fotos beilegte.

„Anbei das gewünschte Foto!" schrieb er etwas steif, und auf einem Foto sah man ihn mit einem Baby im Arm.

Das Baby, ein Kind seiner Schwester, für das der einsame Herr als Patenonkel auserkoren worden war, stand später auf der Liste der Trauernden auf seiner Parte.

Am Abend sagte ich zu Rehlein: "…. Und dann machen wir es uns so richtig gemütlich!"

Doch ich mußte ja noch ganz viel dichten.

Im Fernsehen kam ein Film mit dem Pfeil ganz nach unten, und ich hoffte, daß man Rehlein vielleicht damit unterhalten könne, bis ich zuende gedichtet habe? Außerdem wollte ich noch Omi und Irmi anrufen. Die Irmi war aber an ihrem Jubeltag gar nicht daheim, und so unterhielt ich Rehlein damit, *wie die Irmi ihren Geburtstag im noblen Hotel Kempinski feiert, da sie nun schon ein bißchen im Zugzwang ist, ihr Geld rechtzeitig zu verprassen, da man ja ahnt, wie es kommen wird, wenn die langfingrigen Schwiegersöhne das Erbe in die Hände bekommen?*

Zurück zur Gegenwart: Daheim in Berlin stöhnt der Anselm: „Muß deine Mutter unbedingt halb Kiel ins Kempinski einladen?" Da dies ja alles von seinem Erbe abgezwackt wird. Die Bänd, die die Irma angemietet hat singt: „Mit 66 Jahren!" Allerdings so lahm, daß es ganz anders klingt als auf Irmas Platte, und nachher wollen sie 5000€! Die Irma hatte ganz zaghaft vor, Rehlein zu fragen, ob ihre Kinder vielleicht was spielen würden? Doch dann hatte sie sich doch nicht getraut, und statt dessen die Kieler „Music-Agency" betreten…'Ich bin ja blutigster Laie!" hatte die Irma dort schüchtern gesagt., „doch es sollte schon etwas für den gehobenen Geschmack sein!" Da war der Mann, der die Musikerkarteikärtchen verwaltet, froh, auch mal mittelmäßige Musiker einsetzen zu können.

„Da müssen Sie sich den Spaß aber ein bißl was kosten lassen!" sagt er scheinheilig.

Samstag, 24. Mai

Regentrübe

Heute schlief ich sehr gut in einen regenfeuchten Tag hinein, und träumte auch reichhaltig und üppig. Z.B., *daß ich an einer folgendermaßen aussehenden Stelle lebte: Über einer engen Gasse waren die Häuser auf eine sehr anschmiegsame Weise einfach über die Gasse hinweg zusammengewachsen. Es schaute aus wie im Iran. Einmal hörte ich die Stimme von Herrn Großmann – solcherart, als wohne er in einem der Häuser. Suchend schaute ich mich um, sah jedoch niemanden.*

Ich stellte mir vor, ich sei nach China gezogen, und schicke Frau Kettler in einem Brief meine neue Adresse…zu dieser Vorstellung betrat ich die Volkshochschule, um mich beim Sinologiekurs anzumelden. Im Inneren der Volkshochschule gab es mehrere aquarienartige Fenster in der Wand, hinter denen Beamte saßen. An einem dieser Guckkästen durfte man an der Börse spekulieren. Ein zirka 14-jähriges Mädchen mit langem dünnen Haar stand vor mir, und wollte etwas Geld in eine Jugend-Kosmetikfirma investieren. Ich selber bekam Lust, das mit den Börsenspekulationen auch mal zu lernen und frug, ob es wohl Bücher zu diesem Thema gäbe? Man reichte mir drei Bände, die ich da vorne zahlen sollte – doch als ich mit den Büchern wieder auf die Straße trat, da sah ich, daß man mir aus Versehen Kinderbücher über Dinos verkauft hatte.

Frühstück mit Eri:

Rehlein hatte den Psychotest im Stern gelesen, der der Frage nachspürte, ob man wohl von zu großem Stress gebeutelt würde, und auf fast unheimliche Weise stimmte der Text zu Rehleins Testergebnis mit Rehleins Inneren überein. Fast so wie in einem Horoskop.

„Mein größter Stress ist mein Mann, und mein zweitgrößter mein Sohn!" sagte ich extra für Rehlein, da Rehlein mit beiden Herren nicht so ganz kompatibel ist.

Hernach schauten wir uns einen Fall mit Richter Ulrich Volk an.

Der sympathische, aber bei der Urteilsverkündung bisweilen zum Aufbrausen neigende Herr („Ich möchte jetzt das Urteil verkünden, wenn's genehm ist?!")← (mit bedrohlich brodelndem Untertone vorgetragen) belustigte sich über einen anderen Herrn, der seine Arbeitgeberin damit getäuscht hatte, einen Literaturpreis erhalten zu haben. Und dabei handelte es sich bloß um den Preis der Schülerzeitung dafür, daß er nach fünf Litern Bier noch immer einen lustigen Aufsatz zu schreiben vermochte.

Blöd war, daß das Brot aus dem Bioladen so viele Spelzen hatte, und dadurch so lieblos gebacken und kundenunfreundlich wirkte.

Es klingelte an der Tür.

Rehlein bekam bereits einen Schrecken, es sei vielleicht Frau Münch, die uns schon wieder so spät beim Frühstück erwischt? Doch diesmal war's meine

Bratschenschülerin Maria, die uns ihren kleinen Paul vorstellte. Vom Paul heißt´s, er sei immer so nett und schließe überall sofort Freundschaften. Man hat gleich gesehen, wie bezaubernd er ist.

Rehlein und ich beschnatterten das Kleinkind auch gleich auf eine vielleicht etwas übertriebene Weise.

Rehlein holte unseren schönen blauen Picasso-Esel herbei, um das Herz des kleinen Wammerls zu erobern, und der Paul sagte erklärend, daß er jemanden kenne, der sogar einen Goldesel besäße.

Zu den Nachrichten las ich gleichzeitig die „Glücksformel". Ein Buch, mit dem ich kaum vorankomme. Käme ich damit besser voran, so wäre ich vielleicht schon glücklicher.

So aber sank mein Energiepegel ganz in die Tiefe….später raffte ich mich allerdings dazu auf, zwei Stunden lang für das morgige Konzert in Vechta zu üben. Wie von Sinnen repetierte ich den letzten Satz von Ysaÿes vierter Sonate, und spielte ihn fünfmal durch. Je so, als wär´s im Konzert.

Dazwischen gab´s ein Mittagessen, daß total begeistert hat: Biowürste, Rotkraut und Chinoa.

Ich erzählte Rehlein vom kleinen Fabian.

Der Fabian schläft so furchtbar viel, daß Stiefopa Kläuschen ihn gut leiden kann. Neulich schlief er so tief auf der Terrasse, daß man seine Aura schon gar nicht mehr gespürt hat, und ganz vergaß, daß er da war. Streng genommen weiß ich ja bis heute nicht, ob er wieder aufgewacht ist?

Wir frugen uns, ob Herr Großmann wohl glücklich sei, doch Rehlein glaubt es kaum, denn wenn seine Schüler ein bißchen zupfen können, dann bleiben sie einfach auf diesem Stand stehen, und entwickeln sich nicht mehr weiter.

Ich beplabberte Rehlein noch darüber, wie das wohl sei, wenn ich eine Tochter wäre, die unbedingt Schauspielerin werden will – mehr noch: Eine *berühmte* Schauspielerin, die sich nun auf die Aufnahmeprüfung im Max-Reinhard-Seminar vorbereitet. Von zehntausend Bewerbern wird allenfalls einer genommen. Doch ich wäre erst 19, und mit dem frischen Mut der Jugend wäre ich mir sicher, diese eine wäre ich!

„Welch göttlich´ Gebräu!" würde ich über die Speisen ausrufen, weil ich schon vor geraumer Zeit in der Welt Schillers und Shakespeares versunken wäre.

In „Hallo Deutschland" sahen wir einen Beitrag über einen Herrn, der mit seiner Frau den Mount Everest bezwang. Doch die Frau kam dabei ums Leben. Dies geschah vor 24 Jahren. Drei Jahre lang hingen ihre sterblichen Überreste an einem Seil. Dann kam jemand und durchtrennte das Seil, so daß die tote Frau in die Tiefe plumste, und in einem der unzähligen Gletscher ihre ewige Ruhe fand.

Dir Gretel hatte für heut eine Einladung ins Teehaus ausgesprochen, doch Rehlein hatte doch bereits einen Kuchen für Herrn Berke in die Röhre geschoben, und widmete dieses Miteinander kurzerhand in ein gemütliches Beieinandersitzen bei uns um.

„Du kannst uns das, was es gekostet hätte ja in bar geben!" scherzte Rehlein aus dem Fenster in den nachbarlichen Garten hinein.

Die Bärbel verspätete sich um 19 Minuten, da die Enkel ihrer Schwester zu Besuch waren, und sich immer nochmals und nochmals verabschieden mußten.

„Dies kenne ich nur allzu gut von mir!" zeigt ich Verständnis für die so gefühlvollen kleinen Kinder.

Ich gönnte mir nur ein winziges Stückchen Kuchen, weil ich doch soeben im Focus gelesen hatte wie unklug es sei, Süßes mit Fett zu essen – bald schaut man aus, wie von Deix gemalt!

Wieder stak ich in jener verzwickten Situation wie gestern: Daß ich mit einer alten Dame beim Tee sitze, und mein kleines Guthaben an Kalorien bereits verbraucht habe, so daß man bloß artig dasitzen und drauf hoffen kann, daß vielleicht packende Themen angeritzt werden?

Die Bärbel erzählte uns, daß ihr Verhältnis zur Muddi sehr reserviert sei. Dann sprachen wir über Frau Schneider, die drei Stunden in der Woche bei der Mutti putzt. Sie braucht Geld, da ihr Ex nichts rausrückt. Dann erzählte die Bärbel, daß ihre Mutti es erwarte, täglich angerufen zu werden, und es immer nicht begreifen kann, daß keiner mal anruft.

Ab und zu warten auf die Bärbel mürrische Worte auf dem Anrufbeantworter: „Ich verstehe das nicht. Niemand ruft mal an!"

Nach einer Weile erhob sich die Bärbel seufzend, um der Mutti ihr Abendbrot zu richten.

„Forellen. Übrigens *hervorragend* bei Lidl!" sagte sie nachbarinnenhaft-verschwörerisch zu Rehlein, und schien damit ein Beet auszubreiten, auf welchem eine gute Nachbarschaft gedeihen könnte. Sogar das „Du" trugen sich die Damen in loser Form an.

Hernach kam dann Herr Berke, doch ich ließ „die jungen Leute" (hahaha) oft allein, da ich noch dichten mußte.

Einmal rief der süße Buz an. Rehlein hatte erzählt, daß Buz auf die Frage, wann er denn mal käme, meist vage und ausweichend zu antworten pflegt: „Mal sehen!" Doch diesmal spürte man es knistern, daß der süße Buz nämlich eine Überraschung plant. Am Montag als Überraschungsgast.

Etwas, das er allerdings nur mir erzählte, damit ich dafür Sorge tragen möge, daß wir auch zuhause sind.

Freudig aufgeladen widmete ich mich nun doch unserem so überaus jovialen Gast.

Rehlein hatte um urig zu erscheinen soeben eine Fernsehansagerin parodiert. „Höhö!" lachte Rehlein, von ihrer eigenen Courage peinlich berührt.

Rehlein und ich rechneten herum, was der Sprit nach Vechta wohl verschlingt? 20 €uro?

„Bei vier Besuchern machen wir bereits einen Gewinn!" sagte Buz in mir vergnügt.

„Heut abend kommt was für die Musikfreunde!" rief ich „Aha-Erlebnis-paniert" aus: „Letten dass...Der Grand Prix d´Eurovision aus Riga, und tatsächlich waren die Straßen leergefegt, als Rehlein und ich wenig später noch spazieren gingen.

An der Littfaßsäule parkte wie zum Hohne ein Auto aus Vechta.

Wieder ein potenzieller Konzertbesucher weniger.

„Omi Vechta!" rief ich aus, und dann sah ich sogar jenen gorillaartigen Herrn, der stundenlang auf den Rollbändern im Fitnessklub herumzuwalken pflegt, und psychologisierte Rehlein über ihn an. Ein maskenhaft erstarrter Herr.

Sonntag, 25. Mai

Zunächst noch regentrüb,
doch abends wurde es in Vechta so lieblich

Mittags hatte Rehlein köstlichsten Salat mit Roquefort zubereitet, und wir waren bestens gestimmt, dieweil wir uns schon so auf den Ausflug nach Vechta freuten. Rehlein erzählte, daß der Pfarrer Röbel angerufen habe. Man habe ihm angehört, daß ihm langweilig war.

Der Pfarrer Röbel wird von unbestimmten Sehnsüchten geplagt, und hofft so sehr darauf, mal zum Tee gebeten zu werden. Doch nach Vechta konnte er leider nicht mitkommen, dieweil er heute noch zu einer Silberhochzeit musste.

Zur Mittagsstund rief völlig überrschend der Yossi an, mit dem wir eigentlich leicht verfeindet sind.

Angeblich nur, um sich die Nummer vom Geigenbauer Dünnwald geben zu lassen. Ich diktierte sie Rehlein, und Rehlein gab sie sachlich durch den Hörer weiter. Rehlein benahm sich zwar normal - nüchtern, kurz angebunden und höflich - ließ aber ihren Vorsatz, in diesem irdischen Leben mit dem Yossi nichts großartiges mehr vorzuhaben, nicht aus den Augen.

Später psychologisierte Rehlein darüber, daß der Yossi das womöglich gemerkt hat, und daß er wahrscheinlich sehr einsam sei? So fühlten wir uns kurz vielleicht ein bißchen mitleidsvoll, doch wir wischten dieses Gefühl beiseite, und schauten nach vorn, indem wir jetzt nämlich losfuhren.

Ich freute mich so über das süße Rehlein an meiner Seite, auch wenn Rehlein - in netter Form und im Banne des freudigen Reisefiebers - etwas belehrend war. Doch ich gab Rehlein in allem uneingeschränkt recht, und sagte manchmal gar bestätigend: „Eine Unverschämtheit!" über kleine Verfehlungen anderer Autofahrer.

Wir fuhren die Straße Richtung Cloppenburg entlang, die sich so angenehm weich und schwungvoll befahren lässt.

In Vechta suchten und fanden wir die Kloster-
kirche, und wer hätte gedacht, daß dieses imposante
Gebäude nahtlos an die Jugend-Justizvollzugsanstalt
geschmiegt ist? An der hohen Mauer prangte ein
Schild mit der Aufschrift: „Jegliche Kontaktaufnah-
me mit Inhaftierten ist untersagt"

Auf der Suche nach einem Picknickplätzchen
liefen Rehlein und ich suchend herum. Rehlein trug
den Picknickkorb – doch leider fanden wir keinen
Platz, und setzten uns somit einfach vor das Marien-
hospital.

Wir picknickten Kuchen, Tee und Trauben und
amüsierten uns über ein possierliches kleines
Hundchen, dem der Wind die Ohren so putzig um
den Kopf herumgeblasen hatte, und der sich so
unglaublich über eine dicke Frau freute, die drei Tage
lang inhaftiert war, da soeben ein dreitägiges Seminar
zum Kampf gegen das Übergewicht zuendegegangen
war. Der Verein „Dicke e.V." entquoll dem Spital.
Rehlein richtete zuweilen so nett das Wort an Vor-
beikömmlinge, doch die Bevölkerung schien eher
spröd und zugeknöpft. R

Dann versuchte Rehlein, einen zirka 13-jährigen
dicken Jungen dazu zu überreden, ins Konzert zu
kommen. Doch der Junge wurde davon verstört und
verunsichert.

„Mir tun alle Leute leid, die das nicht hören!" sagte
Rehlein so bezaubernd.

Leider handelte es sich um eine sehr hallige, wenn auch lichte und helle Kirche. Die Besucher tröpfelten wieder so unerhört spärlich ein. Es waren fast nur ältere Damen erschienen, und der Applaus klang demgemäß sehr milde.

Nur Rehlein applaudierte ungestüm und wild.

Hinterher picknickten wir vor der Kirche weiter.

Montag, 26. Mai

Es verbesserte sich –
am Vormittag wirkte das Wetter
sehr grau und zugeknöpft. Hernach schön

Im Traume *spielte ich in Buzens Aura ein Violinstück, und ärgerte mich, daß es trotz größter Bemühung so jämmerlich klang.*

Am Morgen war´s total neblig, so daß ich auf dem Wege zur Tante Olli in eine undurchschaubare Nebelsuppe hineingeradelt bin. Doch ich kam glücklich an.

In der Zeitung las man über einen Kriminalkommissar im Landkreis Kassel, der sich und seine Familie ausgelöscht hat. Ehefrau 48, Dominik, 19 und Steffen, 14, dieweil der Kommissar in dieser Wirtschaftslage für seine Söhne keine Zukunft mehr gesehen hatte.

Über den Rand meiner Zeitung hinweg beobachtete ich die Rita, und stellte fest, daß sie unerhört adipös ist, so daß sie gewiss gut beraten wäre, bei Gelegenheit das Schlankheitsseminar in Vechta zu besuchen. Sie stak in übergroßen Jeans, und ihre Beine – mächtig wie Berge – klebten ganz eng aneinander.

Einmal besuchte ein gutaussehender junger Mann die Rita, und umarmte sie. Man spürte, wie dies der Rita guttat, und wie sie ganz ausgehungert von dererlei Gunstbezeugungen von Seiten der Männer ist. Ich fürchte, die Rita leidet schrecklich darunter, daß sie von den Männer immer bloß als „guter Kumpel" angesehen wird.

„Ich freu mich vielleicht auf den Urlaub! Frag mich nicht wie!" rief sie aus, und schmierte dem Herrn gar, nach Art einer guten Ehefrau ein Marmeladenbrötchen „auf's Haus", auf daß er einmal sähe, was auf ihn warten könnte, wenn er seinem Herzen einen Stoß geben, und seinen Gedanken einen Hakenschlag verpassen würde. Auf die inneren Werte kommt es doch wohl an?

Beim Frühstück erzählte Rehlein, wie sich der Opa stets gegen den unschönen Ausdruck „Fremdarbeiter" gewehrt habe.

Einmal rief mich eine andere „Frau Münch" an – die ehrenamtliche Managerin vom bislang leider wenig bekannten Berman-Trio, und war sicherlich freudig überrascht, daß ich so unglaublich anteilnehmend war? Von mir ging ein gewisser Plauderschwung aus, weil ich mitleidsvoll dachte: „Denen fehlt gewiss auch ein begeistertes „Au ja!"?

Ich legte jene CD, die sie uns schon vor geraumer Zeit geschickt hatte ein, und Rehlein und ich hörten sie als Tafelmusik zum Mittagessen (es gab Kartoffeln, Brokkoli, und ein besonders köstliches tomatiges Rührei) und ich befrug Rehlein dauernd, ob das Spiel der Musiker nun toll oder nur mittelmäßig sei? Wir einigten uns auf eine „verhaltene Tollheit", die den Argusohren des Tonmeisters zum Opfer gefallen sei, so daß lediglich ein gehobenes Mitelmaß übrig blieb.

Wenn ich zur Post radele, so fühle ich mich wie eine Sekretärin, die nach Feierabend gottergeben die Post vom Chef mitnimmt.

Zum Abendessen erlebten wir eine Freude!

Es klingelte an der Tür, und an jeden anderen Molestanten hätte Rehlein nun gedacht – nur nicht an diesen einen: Buz.

Fünf Minuten zuvor hatte der schelmische Buz nämlich angerufen und so getan, als sei er in Trossingen absolut unabkömmlich. („Du weißt ja, die Prüfungszeit!")

Doch wenig später schellte er an der Türe, und unser Glück schien für den Moment perfekt.

Auch wenn sich die eheliche Harmonie auf Dauer wohl kaum würde halten können - jetzt war es soooo schön, daß er da war! Wir jubelten vor ergriffener Freude.

Ich selber hatte mich montagsgemäß soeben in meine Fitnesskluft gezwängt, doch jetzt genoss ich erstmal an unserem Heimkömmling herum, der auf der A-Seite blühte.

Rehlein zeigte uns im Garten eine uralte, aschfarbene Taube mit stumpfem Blick, von der man annehmen konnte, daß sie bald „heimgeholt" würde, da sie so alt sei, wie einst der Opa.

Buz und Rehlein begaben sich auf einen Spaziergang, und ich mühte mich in den Klub.

Vor dem Eingang standen ein paar Girlis, und über eine Dicke dachte ich gerade etwas der folgenden Art: „Wenn das nun die Neue an der Seite Mings wäre, so wäre die Wellenlänge eigentlich gar nicht schlecht!" Dies dachte ich, *obwohl* ich sie häßlich fand.

Erst dann bemerkte ich, daß es sich um eine Tochter von unserem Klassprofessor Herrn Sörensen handelte. Das letzte Mal hatte ich sie als Kind gesehen, und jetzt stand sie da, und rauchte eine Zigarette!

Ich beplapperte sie, und fand sie ganz ansprechend, auch wenn sie über das Rauchen dummes Zeug sagte, wie hier zu lesen: „Ich laß mir da nicht reinreden. Mami hat ja auch wieder damit angefangen, und jetzt stiehlt sie mir dauernd meine Zigaretten!"

Dies befremdete mich zutiefst, und außerdem fand ich, daß das Lenchen, das im nächsten Jahr Abitur macht, so schrecklich aus dem Leim gegangen ist.

Von dieser Begegnung nach all den Jahren seltsam erfüllt, radelte ich heim, um mit Rehlein und Buz zu abend zu essen. Buz war viel plaudersamer als sonst, und es fühlte sich an, als sei ein Sohn, der vor geraumer Zeit zum Studium in die weite Welt aufgebrochen ist, zum erstenmal wieder zu Besuch gekommen. Von der Fülle der neuen Eindrücke, und des zu Erzählenden schier überquellend.

Dienstag, 27. Mai

Sonnig und angenehm.
Doch nachmittags bewölkte es sich leider wieder
ein bißchen

Kurioserweise herrschte im Traum *genau das gleiche Wetter* wie im wahren Leben: stark gebessertes zart-sonniges Wetter, solcherart, als triebe der Sommer erste Blüten.

Ich sattelte mich zurecht, und stahl mich aus dem Hause.

Die Rita und ich sind mittlerweile so gut aufeinander eingeschwungen, daß es im Miteinander kaum noch großer Worte bedarf. Man besummt sich mit einem freundlichen „Moin!", und schon steht eine Tasse dampfenden Kaffees vor mir.

„Geht auf's Haus!" sagte die Rita nett, dieweil sie sich mit ihrem Brotherrn nicht versteht, und ihm hinter seinem Rücken gern mal eine lange Nase dreht.

Durch Ritas Sinne betrachtet, registrierte ich, daß mein geräuschvoller Schnupfen kein bißchen besser geworden ist. Mehr noch: Er wird überhaupt nie besser, und die Heilungsphase scheint zum völligen Stillstand gekommen!

Daheim war Buz bereits wach, lag jedoch im Bett und beschmökerte den chinesischen Familienepos „Wilde Schwäne".

In Buzens Aura übte ich Beethovens Trio op. 9/2, das ich doch noch gar nicht kann. Nach einer Weile rief Buz mir zu, daß ihm zwei Töne zu hoch seien: E und cis! Buz pfiff sie mir vor – d.h. er pfiff so, wie die meinigen in seinen Ohren getönt und sie beleidigt hätten, und den Pädagogen in Buzen hielt es nicht sehr lange im Bett. Bald stand Buz mit flammender Bettfrisur und einer zahnpasta-besudelten Wange im Zimmer, um mir zu bedeuten, daß ich diese Töne tiefer greifen möge. Mal gefiel es Buzen besser, dann wieder nicht, und es ging so zu wie in der Chinesisch Stunde, bei einem Pekinesen in Berlin, die Ming einmal besucht hat. Manchmal wurde ich leicht zickig, da Buz ganz oft wiederholte, daß ich es so *gewööhnt* sei, während ich Buz wiederum in Verdacht hatte, sich an die gelbstichige Intonation seiner Jünger aus Fernost gewöhnt zu haben?

An anderer Stelle erbat sich Buz eine bessere rhythmische Struktur, und unterrichtete so intensiv an mir herum, als wolle er neben mir Wurzeln schlagen.

In Buzens Aura spiele ich zuweilen etwas duckmäuserisch und verunsichert, aber als Buz sich retirierte, spielte ich wieder normal.

Beim Frühstück erzählte ich Rehlein und Buz von dem Kriminalkommissar aus Korbach, der einfach seine ganze Familie ausgelöscht hat, obwohl dies doch gar nicht Not getan hätte! Er verdiente doch gut. Doch als sein ältester Sohn, der gerne in den Polizeidienst eingetreten wäre, abgelehnt wurde, da dachte er womöglich: „Jetzt beginnt die zermürbende Warterei darauf, endlich mal auf einen grünen Zweig zu kommen," und grübelte fortan nur noch über diesen Themenkomplex nach.

Rehlein hatte wie alle Tage köstlich gekocht: Krautfleckerln! Sogar Erdbeeren mit Sahne gab´s zum Nachtisch, doch Rehlein beharrte darauf, daß ich erst noch die verbliebenen 27 Minuten und 6 Sekunden zuende übe, um „den Übsack zuschnüren zu dürfen".

Buz erwies sich als äußerst naschhaft, während ich über die 52-Wochen-Diät sprach, die ich selber erfunden habe. 52 Wochen lang soll man zu allem Leckeren sagen: „Ich darf nicht!"

Äpfel statt Schokolade, Joghurt statt Eis, Wasser statt Wein.

Plötzlich fiel Rehlein siedendheiß ein, daß wir schon so lange nichts mehr von Andi & Lisel gehört haben.

„Die müssen wir heut anrufen!" sagte ich mit Nachdruck, auch wenn man ahnt, daß dies in der Mitte des Lebens ein Utopikum bleiben würde.

„Die sind schließlich alt und zipperleinbehaftet!" Ich fuhr fort, meine Eltern zu beplappern, auch wenn Buz sich etwas absorbiert in die HÖRZU versenkt hatte.

Mit der Gesundheit sei es wie mit den Strafpunkten in Flensburg. Jahrelang fährt man mit weißer Weste, und dann ist man plötzlich so punktbehaftet, und am End den Führerschein los. Und so geht es einem mit den Zipperlein! Zuerst ist man lange gesund. Dann kommen die ersten Zipperlein, potenzieren sich, und eines Tages ist man tot!

Aus Diätgründen verzichtete ich am Nachmittag auf Rehleins köstlichen Nußkuchen, von dem sich der figurbewusste Buz immer neue Teile und Hälften abhobelte.

Buz muß lernen, mit den befremdlichen Grillen seiner Tochter zu leben.

Weil mir Buz so leid tat - Rentner wider Willen - bot ich ihm an, ihn mit auf die Post zu nehmen. (Abenteuer Post)

„Was soll ich da?" frug Buz verständnislos.

„Bißl am Leben nippen!" meinte ich solcherart, als begäbe man sich beim Postgang in einen dampfenden Kessel sprudelnden Lebens wie im Iran.

„Neue Leute kennenlernen! Freundschaften knüpfen!"

Doch Buz blieb lieber daheim.

Auf dem Wege zur Post traf ich Frau Förster, die immer so fröhlich und zupackend ist, auch wenn das Leben sie gewiss nicht mit Samthandschuhen angefasst hat. Sie ließ anklingen, daß wir am nächsten Sonntag zu ihrer Einweihungsparty geladen sind. Dann erzählte sie Schockierendes: Daß der kleine Hennig seine Mutti neulich unbeabsichtigt fast umgebracht hätte.

Das kam so: Mutti Förster wollte den Herd installieren, und hatte extra und gewissenhaft die Sicherung herausgedreht. Doch der kleine Henning wollte oben in seinem Zimmer Radio hören, und als das Radio nicht auftönte, suchte er herum, ob wohl eine Sicherung herausgehupft sein könnte?

Da explodierte der Herd.

Dann heulten Mutter und Sohn im Duett, und ich stellte mir vor, wie es bloß hätte weitergehen sollen, wenn Mutti Förster dabei auf unfassbare Weise ums Leben gekommen wäre, und was in diesem Falle bloß aus ihren beiden Kindern hätte werden sollen?

Am Abend rief ich die kleine Judith an.

Etwas untypisch für einen Erwachsenen plauderte ich mich mit der Judith fast, und ersparte mir den zum Schneiden in der Luft hängenden Satz „Gibst Du mir mal rasch den Papa?" Die Judith erzählte mir, daß sie zum Geburtstag eine Geige bekommen habe.

Mittwoch, 28. Mai

Lieblich sonnig

Ich begann einen E-Mail an Herrn Großmann, der mir gestern einen Dürrzeiler hatte zukommen lassen, der als Angelhaken für eine ebenfalls dürrzeilige Antwort gedacht war. Doch Rehleins Erbmasse in mir kam zu Wort, indem ich mir bereits in den frühen Morgenstunden interessante Formulierungen ausdachte: „Hättest Du ein wenig ausführlicher und aussagekräftiger geschrieben, so wären meine Dankesworte sicherlich üppiger ausgefallen…."

Bald schon knospelte das Leben um mich herum.

Buz begann den Tag mit scheußlichen, jauligen Oktav-Lagenwechseln, wofür man ihm eigentlich hätte zürnen müssen. Doch dann ging das Gejaule in eine ganz zauberhaft gespielte Franck-Sonate über, so daß man ihm augenblicklich wieder gut war.

Buz hatte einen Brief von der Bremer Musikhochschule bekommen: Eine höfliche Anfrage, ob er wohl einen Studierenden für die Studienstiftung des deutschen Volks vorschlagen möchte? Doch leider empfindet Buz seine einzige Studentin der Bremer Musikhochschule als nur mäßig talentiert. Mit einer Talentfunzel schwach beleuchtet.

Nach dem Frühstück loste ich aus, was zu tun sei, und leider kam das zum Zuge, was mich am wenigsten freut: „Haushalt!"

Etwas lustlos, solcherart als sei die Seele tief auf den Grund des Körpers hinabgesackt, krümmte ich mich in Buzens Zimmer, um den Schreibtisch aufzuräumen.

Wie fast jeden Mittwoch hing ich nur noch an einem seidenen Fädchen am Leben, weil der Blutdruck an meinem freien Tag so tief hinabsackt.

Durch meine Schülerin Maria, die immer so einen großen Plauderschwung in mir auslöst, erhoffte ich mir eine Lebensqualitätsaufschäumung.

Noch immer spielt die Maria die Arpeggione-Sonate. Über manche Einzelheiten kann man staunen, wie gut sie sind, doch im großen und ganzen kann man die Darbietung immer noch nicht gutheißen.

Hernach tranken wir Tee, und ich erzählte die unfassbare Geschichte, wie die Frau Förster vor wenigen Tagen beinahe ums Leben gekommen wäre.

Die Maria freut sich sehr, daß das Verhältnis zu ihrem kleinen Töchterlein viel besser geworden sei, denn man hatte zu einer List gegriffen mit der das Leben gleich viel mehr Spaß macht: Für jede Nacht in der die kleine Miriam nicht ins Bett pinkelt, bekommt sie eine Nuß geschenkt, und für zehn Nüsse gibt es ein Geschenk! Dann dachte man sich auch noch etwas ähnliches aus, damit die Kleine beim anziehen und Haare kämmen nicht immer zickt!

Damals als das Paulchen geboren war, hatte die Miriam gefragt: „Muß ich jetzt zu anderen Leuten ziehen!" Mutti Maria bekam in der Erinnerung daran ganz feuchte Augen.

Theoretisch hätte die Geschichte aber auch anders weitergehen können:

„Muß ich jetzt zu anderen Leuten ziehen?"

„Naaaaaain!! Du bist und bleibst unser Kind. Dich geben wir für kein Geld und Gold dieser Welt wieder her!"

„Ich WILL aber zu anderen Leuten!"

Ich bat die Maria, in die nächste Stunde ihren Mann Edzard mitzubringen, weil ich wissen wolle, wie er ist. Mehr noch: Ich wollte wissen, ob er auch mir taugen könne? Ich erfuhr, daß der Edzard sehr zurückhaltend sei, und seine Scherze oftmals nicht zum zünden kämen. Hie und da reißt er einen Witz, und keiner lacht.

Rehlein war mit einem Korb wunderbarer Dinge von ihrer vormittäglichen Einkaufsodyssée zurückgekehrt, und wundersamer Weise hielt mein durch die Maria angefachter Plauderschwung an, so daß ich nun das Rehlein beplapperte, und Frische und Energie aus den Plappereien sog.

Mittags aßen wir los.

Es gab köstliche, ölige Hörnchennudeln, und Buz beigte sich nur ganz, ganz wenig auf den Teller, dieweil er sich die Kalorien lieber für Eis und Kuchen aufsparen wollte.

„Ich bin zu dick!" sagte Buz selbstkritisch, solcherart als habe ihn vielleicht ein Mädchen verspottet. „Das sehe ich, wenn ich am Spiegel vorbeilaufe!" sagte er so rührend.

Ich holte Buzen den „Focus" aus meinem Zimmer, in dem die ganzen Diätgeheimnisse drinstehen, und Buz las sehr interessiert darin herum, - er las uns sogar vor!

„Meine Gloria hat übrigens sehr schön das Brahms-Konzert gespielt!" sagte Buz verzückt, und bekam davon einen ganz verklärten Ausdruck ins Gesicht. Es wirkte ein bißchen so, als stünde ein 14-jähriger bei seiner Familie unter Verdacht, sich heimlich verliebt zu haben, und mit diesem Verdacht läge man gar nicht so falsch.

„Also, das interessiert mich nun wirklich!" sagte ich, „hat sie so gespielt, daß keine Wünsche mehr offen waren?"

„Fast keine!"

„Im zweiten Satz sind eigentlich keine Wünsche offengeblieben!" sagte der stolze Buz.

Ich riet Buz, zwölf Wochen lang nach 18 Uhr nichts mehr zu essen, und Buz nahm es sich fest vor.

Abends verspürten wir großes Heimweh nach Ming, der in Leipzig der Familienaura vollkommen entsogen, eventuell wieder in Ofenbach sein könnte? Doch kaum schickte ich mich an, die vertraute Ofenbacher Nummer zu wählen, als das Telefon bereits von alleine aufschrillte. Ming war´s.

Buz und Rehlein stellten sich hinter mich, und Rehleins liebende Mutterhand drückte die Lautsprechertaste, auf daß einem kein Wort des Heimkömmlings entginge.

Donnerstag, 29. Mai

Ein Geschenk! Schöner geht´s nimmer!

Im Traume *hatte ich kurzen Prozess gemacht, und einfach einen Herrn namens Hubert geheiratet. Wir wohnten in einem winzig kleinen Dorf, wo absolut nichts los war.*

Von dort aus plante ich eine Tagesreise zu Ming, Opa und Omi Mobbl. Doch auf dem Wege dorthin blieb ich bei dem Veterinärsehepaar Binder kleben. Mir wurde Tee und Gebäck angeboten, und Herr Binder begann ganz geistesversunken von meinem Violinspiel zu schwärmen: „Damals hast Du in London gespielt! Alles auswendig, und die Leut saaan oi oafgstounden!" (die Leut sind alle aufgestanden) sagte er entzückt.

Beim Frühstück sprachen wir darüber, daß viele Leute hundert Jahre alt werden, doch in den letzten zehn bis zwölf Jahren vegetieren sie meist nur noch vor sich hin, und die Verwandten dürfen sich aussuchen, ob sie lieber acht Jahre in den Knast wandern, oder zwölf Jahre lang einen Alzheimerkranken pflegen?

„Ich meine damit *nicht* deine Mutter!" sagte Rehlein taktvoll zu Buzen, dieweil Buz bei diesem Thema sehr nachdenklich wurde.

Hie und da trat mir in den Sinn, daß ich morgen ein Konzert in Stuhr habe, wo die Frau Kummerknecht einen Umtrunk für mich organisiert, und ich überlegte, wie ich ihr am Telefon sagen könne, daß meine Eltern mitkommen. „*Auch wenn sie uns mit ihrer*

Streiterei vielleicht den ganzen Abend verderben!" sage ich,
und sah es vor mir, wie Rehlein mitten im Empfang zu
Buzen sagt: „Stuuuhr wie du bist!"

Heut war bereits von einem Familienpicknick die
Rede, und Rehlein buk einen Käsekuchen.

Beim Laufen in der warmen Sonne war ich mir so
langsam vorgekommen, und nun kam ich zum
völligen Stillstand. Und als ich auf das Grünen der
Ampel wartete, überfiel mich großes Heimweh nach
der Oma in Grebenstein.

In der Bild-Zeitung las ich die albernen Gedanken,
die sich der Kolumnist Franz-Josef Wagner, ein
schmieriger, pennerhafter Typ mit einer seltsam
unappetitlich wirkenden Lücke zwischen den
Frontzähnen über den „Vatertag" gemacht hatte:

Er zählte ein paar Frustpunkte des Vaterseins auf.
Das „Betrinken der Männer" sei ein Bedürfnis „sich
auszukotzen" – schrieb er unappetitlich und häßlich,
und dererlei wird gedruckt und millionenfach
gelesen!

Zum Mittagessen gab es Rohkost und eine
herrliche Gemüsesuppe. Im Televisor lief eine
Geschichte über Otto von Habsburg, und Buz war
vom Bildschirmgeschehen vollkommen absorbiert.
Er schaute auf Otto von Habsburg drauf, als sei's
ein richtig guter Freund, und schmunzelte wohlwollend über dessen Worte, während ich über
Buzens Talent referierte.

„Ich glaube, das Wölflein hat sein Talent von
seinem Onkel Karl geerbt!" mutmaßte ich, denn als

das Wölflein geboren war, da war das Talent vom Onkel Karl mit einem Male verpufft.

Mir wurde direkt ein wenig bang, was passiert, wenn ich mal Tante werde? Ob mein, in Jahren mühsam zurechtgeschliffenes, Geigenspiel sich plötzlich hohl und jämmerlich anhört?

Buz las Rehlein aus einem Büchlein von Ernest Ansermet über die Feinheiten der Dirigierkunst vor, doch mir verwandelte sich die Stimme des Lesenden in ein murmelndes Bächlein, dieweil ich während-dessen über einen gelösten Mordfall im *Stern* las. Der Mann der Putzfrau Ute M. (!) war´s, und erst heute hatte Rehlein darüber gesprochen, daß es ihr gar nicht recht sei, daß Frau Meyer unseren Schlüssel hat. Nicht wegen Frau Meyer, aber wegen ihrem grenzdebilen Schwiegersohn.

Buz wünschte sich, daß uns der Pfarrer Röbel mal wieder einlädt – nur Frau und Töchterlein ist ihm auf Dauer ein bißchen wenig, und nun beschelmte ich Buz & Rehlein, die beide mittagsdröge auf der Matratze auf dem Balkon lagen, darüber, daß es dem Pfarrer Röbel mit seiner Frau auch die ganze Zeit langweilig sei, wie er mir mal erzählt hat.

Einmal küssten sich Buz & Rehlein ungestüm.
Ein Anblick, der mich immer sehr freut. Wären sie berühmt, so würde das Foto, das irgendein Paparazzo im Baum geschossen hätte, morgen in der Bild-Zeitung erscheinen.

In schönstem Sonnenschein, und von unglaublichem Vogelgezwitscher umtönt, fuhren wir in den Egelser Wald.

Einmal saßen wir auf einer Holzbank inmitten weicher Tannennadeln, und ich sprach davon, wie gut es sei, daß wir gemeinsam alt geworden seien, denn jetzt können wir so gut nachempfinden, wie unangenehm es ist, wenn man gezwungen wird, sich hinzusetzen und hernach wieder zu erheben. Ich demonstrierte, wie das Gebein eines Gealterten mühsam nach Art eines festgerosteten Notenständers gewinkelt und wieder entwinkelt werden muss. Wenn man denn endlich sitzt, so hofft man, sich so bald nicht mehr erheben zu müssen, und in erhobenem Zustand ist man froh, wenn man nicht gleich wieder dazu genötigt wird, sich hinzusetzen.

Wenig später lernten wir den possierlichen Rauhhaardackel Trixi kennen, der von seinem hageren Besitzer, der mit dem Radl unterwegs war, so schrecklich streng zurechtgewiesen wurde, so daß es mich vor Buz & Rehlein, die heut beide so nett gestimmt waren, regelrecht geniert hat.

Später schimmerte ein Herr auf, und sang uns zur Huld ganz laut etwas aus dem Bereich der E-Musik vor. Etwas von J.S.Bach. Pastor Röbel war's, nach welchem Buz sich heute doch bereits gesehnt hatte! Und nun, da Selbiger uns durch die Bäume in der Abendsonne entgegenschimmerte, sah man, was er für eine unglaubliche Wampe vor sich her trug.

Ich überlegte, wie's wohl wäre, wenn er mit seinem Käppi auf dem Kopf im Wald einem Richter begegnet? Ob der Richter wohl darauf beharrt, daß er seine Kopfbedeckung abnimmt, wenn er vor ihm steht?

Abends freuten sich Buz und Rehlein im Duett auf das große Zirkusfestival von Monte Carlo vor, während ich die Zeit der Vorfreude dazu nutzte, Bach´s d-moll Partita zu üben.

Vor dem Fenster wurde mir wieder eine Seifenoper geboten:

Die Ina trat aus dem Hause, und setzte sich lasziv auf den Zaun, um auf ihren Liebsten zu warten. Sie hatte sich aufregend gekleidet: Ganz in weiß, mit einem einärmeligen Pullover.

Ich bildete mir ein, daß sie beim Warten stocksauer wurde. Einmal telefonierte sie mit dem Händi, und dann sah ich sie erstmals eine Cigarette rauchen, und war ganz bestürzt. Die Sonne schien leider so stark auf die Ina drauf, daß man sie gar nicht richtig sehen konnte. Nach endlosem Warten wurde sie endlich von einer Limousine abgeholt. Disco und eine anschließende heiße Nacht schien angesagt?

Rehlein lachte immer so entzückend über die Clowns, während Buz über Clowns nie lachen muß, und lieber akrobatische Übungen anschaut.

Freitag, 30. Mai

Warm und sommerlich

Konzertbedingt durfte ich heute mit dem Segen meiner Lieben ausschlafen. Doch wieder wurde ich zwischen den Schlummereien von einer Morgendeprimanz geqält. Es bekümmerte mich, daß mir beständig verdrießliche Gedanken ins Hirn gespült werden, an denen herumzuknabbern ich somit gezwungen scheine. Diesmal war es die Idee, daß meine Mail an die Delmenhorster Zeitung nicht angekommen sei.

Ich freute mich auf einen Tag vor, an dem ich mit Rehlein und Buz zum Konzert nach Stuhr bei Bremen reisen sollte, an dessen Ende auch noch ein Umtrunk in geselliger Runde angeheftet war.

Zum Frühstück rief Buz seinen Spezi Ingo an, um ihn zum Kommen zu motivieren, und ich durfte mich endlich mal über Post freuen: Meine treue Freundin Thekla hatte auf einem rosa Blatt einen netten Brief geschrieben.

Buz war am Vormittag mit seinem knusprigen pädagogischen Braten Heidi im Gange, und brachte hernach wie beiläufig die Rede drauf, daß wir die Heidi doch mit nach Bremen nehmen könnten.

Und so saß die Heidi über die Mittagsstunden hinweg bei uns am Eßtisch. Nicht ohne Wehmut betrachtete ich den Gast mit den vergitterten Zähnen, der ansonsten eigentlich gut zu Buzens

Frauengeschmack passt, und einen guten Plauder-schwung in uns allen auslöst.

Leider ist es so, daß die Bekanntschaft mit der Heidi demnächst ausrieselt: Am 18.6. und 9.7. hat sie Prüfung, und außerdem wurde sie bereits dazu eingeladen, ein Praktikum in Augsburg zu machen.

Ich entwarf ein launiges Zukunftsszenarium:

Daß die Heidi in Augsburg einen Mohren kennenlernt, den sie ihren Eltern vorstellt. Heidis Mutti ist plötzlich ganz anders als sonst, und nennt ihre Tochter für die Ohren des Mohren (ein Reim) förmlich „Heidrun".

„So nennt sie mich doch sonst nie!" denkt die Heidi, die sich von dieser Benennung gänzlich depersonalisiert fühlt.

„Heidrun," sagt die Mutter förmlich, „nimmst du Tee oder Kaffee?"

Alsbald fuhren wir los.

Buz, getragen von der Aura einer Schülerin, benahm sich völlig anders als sonst. Burschenhaft und übermütig.

Übermütig sagte er zu Rehlein, daß sie für jede überflüssige Bemerkung einen Punkteabzug von ihm bekäme. Die Heidi döste vor sich hin.

Frau Kummerknecht, eine divenartige Dame in einem antroposophischen Gewand und mit einem kleinen Dutt am Hinterkopf, der mir für die massige Gestalt eine Spur *zu* klein schien, begrüßte uns wohlwollend und freundlich. Alsbald lernten wir auch ihren försterartigen Ehemann kennen, der allerdings Pastor von Beruf ist.

Nachdem ich mich in der Kirche ein wenig eingespielt hatte, liefen wir zum Eiscafé in diesem dörflichen kleinen Städtchen. Rehlein war sehr besorgt, weil so viele Schnaken unterwegs waren.

Der süße Buz lenkte nach Art eines ernsthaften 15-jährigen die Rede darauf, daß er dazu tendiere, sich einen Eiscafé zu bestellen. Lachend scherzte Rehlein, daß Buz wohl glaube, im Eiscafé seien nicht so viele Kalorien drin, da das Eis ja untergeht, so daß man es nicht sieht?

Stattdessen kaufte Rehlein uns je einen Apfelkuchen auf die Hand.

Die Zeit rann bereits, und wir setzten uns auf die Stiegen vor dem Kirchportal, um die Wärme der Sonne zu genießen, und auf die ersten Besucher zu warten. Einmal radelte eine Dame herbei, die so unglaublich schüchtern war. Sie wollte einen höflichen Gruß entbieten, doch ihre Lippen brachten nur ein tonloses Gemurmel zuwege.

„Ach, wie schön, daß jemand ins Konzert kommt!" hatte Rehlein so schön kernig gesagt.

Ich erzählte Rehlein und Heidi von Veronikas Abenteuern am Silvestertag in Oberrot. Wie sie ein Hotel betrat, und der Wirt seiner Frau laut und grob zurief: „Weib! Hasch du ö Bett bezogö?" Hast du ein Bett bezogen?

Ich fand das so lustig, und frug Rehlein, warum sie nicht noch lauter darüber lache?

In so manch einem Konzert schwebt die Genialität ganz von allein herbei. Doch dies ist keinesfalls selbstverständlich, und heute - womöglich Buzens Argusohren im Raum geschuldet? - musste ich mich drum bemühen.

Hernach fand ein Umtrunk im Garten statt, wo lauter Stehtischlein im Grase standen.

Der försterartige Pfarrer erzählte mir, daß dies bereits seine dritte Ehe sei, und die beiden gescheiterten Ehen hätten ihm schrecklich zugesetzt, so daß er davon mißtrauisch geworden sei.

„Misstrauisch gegen die Damenwelt!" ergänzte ich verständnisvoll.

Nett war´s allemal, und ich hätte in diesem Gärtchen so gerne meine Ferien verbracht. Doch wir fuhren heim, und brachten die Heidi noch zum Bahnhof in Delmenhorst, wo sich ihre Spur verlor.

Samstag, 31. Mai

Aurich - Bassum – Lemwerder

Wunderschön hochsommerlich

Bewegt erinnerte ich mich daran, wie wunderschön Bruno Leonardo Gelber das Tschaikowski-Konzert gespielt hatte.

Dann erhob ich mich sehr mühsam und schwerfällig in jenen Tag, an dem wir nach Bassum ins Konzert zu fahren gedachten, und hernach eventuell in einem ganz schönen Landgasthof zu übernachten.

Buz liebäugelte mit der Idee, zur Swetlana nach Groningen zu fahren, doch man ahnt ja, wie es vielleicht käme: *Um 16 Uhr ist unser Held durch irgendwelche widrigen Umstände immer noch nicht heimgekehrt, und ich mit meiner Neigung überall Dramen zu erahnen, bin halb verrückt vor Sorge. Hinzu kommt die Furcht, nicht zeitig in Bassum anzukommen.*

Ich übte auf meiner Violine und fand, daß ich so schlecht und verstaubt klingend spielte. Hinzu hab ich keine Ahnung, ob diese stupide Widerkäungs-arbeit an Ysayës fünfter Sonate überhaupt einen Nutzen hat, oder ob die Zweifel mein Spiel am End ganz verderben?

Um mich von diesen verdrießlichen Gedanken hinfortzubewegen, radelte ich zur „Tante Olli", wo heut eine ganze Battalion an Feuerwehrleuten zu Mittag speiste, und als ich auf dem Hochsitz saß, Kaffee trank und das Tagesblatt entfaltete, spürte ich, wie sich mein Lebensgefühl durch den steigenden Blutdruck zu seinen Gunsten wandelte, indem ich nämlich wieder Lebensfröhe verspürte, nachdem ich zuvor mit der Frage „ Woher melken?" vollkommen ratlos gewesen war.

Ich las über den völlig überraschenden Herztod von Günther Pfitzmann, der in gewisser Weise das ärztliche Pendant vom Professor Brinkmann aus der „Schwarzwaldklinik" gewesen ist.

„So werd´ *ich* wohl der nächste sein!" mag der Professor Brinkmann somit nicht ganz unrealistisch gedacht haben.

Ferner konnte man auch noch lesen, daß Dr. Brinkmanns Tochter Barbara mit ihrem Sohn Nikolaus einen Unfall auf der Autobahn hatte.: Das Auto überschlug sich, und beide erlitten ein Schleudertrauma.

Dann fuhr ich wieder heim.

Bald darauf gab´s ein köstliches Mittagsessen: Bestehend aus Würsteln, Kartoffeln und ganz viel Salat.

Wir sprachen über das Gästehaus von Musashino, einem Ort, in welchem wir in den Jahren 1974 – 1976 zwei Jahre unseres Lebens verbracht haben, und überlegten, wer von den Mitbewohnern wohl noch dort lebe? Rehlein mutmaßte, daß Antonin Kühnel, ein Taktstockschwinger, der im zweiten Stock lebte, mittlerweile wegen Kindsmißhandlung im Gefängnis säße, doch noch wahrscheinlicher wäre, daß der mittlerweile erwachsene Sohn von Antonin Kühnel in der Zwischenzeit damit begonnen hat, seinen alten Vater zu mißhandeln, und denkt: „Mir hat es schließlich auch nicht geschadet!"

Herr Kühnel, der es im Leben leider nicht allzuweit gebracht hatte, wollte damals unbedingt ein Wunderkind „hier & jetzt!", und ich stellte es mir plötzlich ganz schrecklich vor, wenn man sich ein Wunderkind wünscht, und nur ein ganz gewöhnliches Kind bekommt.

Nach dem Essen fuhren wir nach Bassum.

Die Autoscheiben waren vollgeklebt mit zerriebenen Insekten, und die Fahrt fing gleich etwas anstrengend an, da Rehlein bald schon die Rede darauf lenkte, daß sie Opas Worte noch im Ohr habe: „Dein Mann ist unbelehrbar!"

„Jetzt hör auf..." sagte Buz leicht unwirsch.

„Aber du mußt doch zugeben.."

Die Reise wurde dann aber doch noch ganz nett und schön. Im Radio lief „Finnlandia" von Sibelius. Eine Stelle klang so launenhebend, und dabei handelte es sich bei strenger Analyse nur um eine schlichte D-Dur Tonleiter mit tiefalteriertem Cis, sprich einem C, die jedoch in einen übermütig federnden Rhythmus eingearbeitet war.

Beginnend mit einem ausgewalzten D, aus dem die treppenförmige Tonleiter in die Höhe federte. Dem D folgte ein etwas etwas kürzeren E, ein getupftes kurzen Fis, das augenblicklich in ein G mündete das der Länge des E entsprach - getupftes A, das in ein H mündete, getupftes C und schließlich ein erneutes D.

Auf einer Brücke las man in riesengroßen Lettern **I love Jutta**, so daß wir die Rede auf Frau Saathoff schwenkten.

Ich stellte mir vor, wie die Jutta ihrer einsamen Schwiegermutter schreibt: „Für meine oft ruppige Art möchte ich mich ent-, und für die Zukunft schon mal vorentschuldigen!"

Finnlandia war verklungen, und im Anschluß spielte ein Jazzpianist aus Hannover, der sämtliche Kulturpreise eingeheimst hatte, und Rehlein mit seinem uferlosen Geklimper entsetzlich auf die Nerven fiel.

Ich sprach die ganze Zeit auf Trossinger Schwäbisch, und sagte Dinge wie: „m Vaddr hat´s au g´fa´llö!" _{Dem Vater hat es auch gefallen}

Hinweis für die am „Trossinger Schwäbisch" Interessierte: Im Zwischenraum eines jeden Doppelbuchstabens wird ein kleiner Schluckauf in Form einer Luftblase vorangestellt, in der man ganz kurz (eine Mikrosekunde lang) gar nichts hört.

In der Stiftskirche Bassum tobte noch eine Hochzeit. Wir besuchten das Klostercafé und tranken je einen „Sanften Engel".

Hernach schauten wir uns die Hochzeit an.

Eine ganze Schulklasse wartete vor dem Kirchportal. Rehlein und ich mischten uns unters Volk, und dachten womöglich je sehnsuchtserfüllt: „Wenn doch so viele Menschen ins abendliche Konzert kämen!" Niemand schien einen Blick für uns zu haben. So wenig, wie für das Plakat, das am Portal klebte.

Wir lernten den weißhaarigen Kantor Rohlf und seine zirka 59-jährige schüchterne Ehefrau kennen.

Herrn Rohlf, ein Herr, den man eher „im vorübergehen" kennenzulernen pflegt, vertraute Buzen den Schlüsselbund an.

„Der Papa wäre wahrscheinlich auch ein erstklassiger Küster geworden!" bescherzte ich Rehlein, „wie er den Schlüssel hält! So locker aus dem Handgelenk…"

Später picknickten wir auf einer Bank an einem grünen See, und die Teebombe hatte ich unglücklicherweise vergessen. Wir aßen Rehleins köstlichen Käsekuchen, und von der gegenüberliegenden Seeseite her tönte uns ein Freilichtkonzert entgegen. Ein Flötist blies die Carmen-Fantasie. Doch es hörte sich unerotisch bis zum geht-nicht-mehr an.

„Wie eine Carmen in Birkenstockschuhen!" spaßte ich treffend.

Lampenfieber habe ich schon lange nurmehr dahingehend, ob überhaupt genügend Leute kämen.

Na, wenigstens hatte sich Buzens Spezi Ingo herbeibemüht.

Nur wenige hatten den Weg in die Stiftskirche gefunden, aber meine lieben Eltern und der Ingo waren je ganz baff, so daß ich zumindest in dieser Hinsicht froh sein durfte.

Herr Rohlf war bei der Bezahlung (magere 112€) so betreten, daß er mich kaum anzusehen wagte.

Auf rührende Weise lud uns der Ingo zu einer Übernachtung in seinem Hause ein, und wir fuhren seinem gelben Postauto hinterher.

Den Abend verbrachten wir in Ingos Garten.

Es herrschte eine laue Sommernacht. Zwischen zwei schlanken Bäumen hing einladend eine Hängematte, und vom Ufer her hörte man das Hafenfest dröhnen.

Rehlein und Buz waren beide so süß und lebhaft.

Buz erzählte von seinem Mathematiklehrer, mit dem er es sich eines Tages verdarb, so daß der Lehrer nie wieder ein Wort mit Buzen sprach.

Buz hatte in einer Mathematikarbeit eine Sechs bekommen, und dabei waren alle Aufgaben, wenn auch auf einem anderen System basierend, ganz richtig   gelöst.

Viele Jahre später lief der Lehrer mal über eine Brücke in Venedig, und da sah Buz ihn wieder. Doch der Lehrer lief stur an ihm vorbei, und ignorierte den einstigen Schüler auf kränkende Weise.

Der Wonnemonat Mai klang mit einem höchst entspannenden Abend aus. Wir sprachen über den Grand-Prix d´Eurovision, den der Ingo mit seiner Band doch gewinnen sollte, denn dann wäre er wahrhaftig fein raus.

Wir erfuhren, daß der Ingo bereits seit 25 Jahren mit seiner Flamme Dorothea liiert sei.

Personenverzeichnis:

Abel, Heidi, (*1976) Studentin Buzens

Annelise, (*1922) Stiefmutter von unserer lieben Freundin Frau Lüvers

Antje, (*1939) Lieblingstante in Bonn (Exe von Rehleins Bruder Rainer, und Mutter seiner Zwillinge

Bärbel, (*1938) Tochter unserer betagten Nachbarin Frau Priwitz

Baumgarts, befreundete Familie in Aurich: Omi, Opi, Vati Heiko, Mutti Moni und die Kinder Isabelle und Johannes

Bea (Beätchen), (*1943) Tante mütterlicherseits in Kalifornien

Binder, Herr und Frau, (*1935 und 1944) Veterinärseheleute in Ofenbach (aus Siebenbürgen stammend).

Bloser, Herr, (*1947) mein Klavierlehrer in Trossingen

Buz, (*1938) unser Vater

Christoph, lieber Freund in Aurich, Cellist, Komponist, Lehrer und Dirigent (*1965)

Cupsa, (*1942) ein cellospielender Spezi aus Buzens jungen Jahren

Dölein, (*1936) Lieblingsonkel in Amerika

Doris, (*1962) Exe von unserrem Vetter Friedel

Ernemann, Eheleute in Nordhorn

Fabian, (*2001) Söhnchen von unserem Vetter Heiner

Florian, (*1986) unehelicher Erstling von unserem Vetter Heiner

Förster, Frau, Schülermutti Buzens (Geburtsjahr unbekannt)

Franz, Buzens treuester Jünger aus Taiwan (*1968)

Friedel, Lieblingsvetter in Bonn (*1962)

Gisela, (*1964) Dame in Bonn

George, (*1935) betagter Ehemann von Mings Exe Insa

Gloria, Studentin Buzens (*1977)

Grootmann, Herr & Frau, Konzertgänger in Ostfriesland

Großmann, Familie, Achim, Gitarrist in Fischerhude (*1953), Inga (*1970) Judith (*1998) und Ludmilla (*2003)

Hamann, (1935 – 2000) Celloprofessor in Trossingen

Hans-Hermann, lieber Freund in Ostfriesland (*1949)

Hilde, (*1964) Exe Buzens

Horst, (*1960) alter Kumpel in Bonn

Irma (Irmi), (*1937) Witwe von Opas Bruder Otto in Kiel

Ina, (um 1982) bezauberndes junges Fräulein im Hause gegenüber

Ingo, (*1956) Spezi Buzens

Jade-Quartett, ein von Buzen domptiertes asiatisches Streichquartett

Jens-Peter, Stammtischbruder in Ostfriesland. Geburtstjahr unbekannt

Judith, (*1998) kleines Töchterlein von Herrn Großmann, dem Gitarristen

Kläuschen, (*1934) liebster – wenn auch angeheirateter - Onkel

Lüvers, Frau, (*1937) ganz nette Frau in Aurich

Maria, (*1964) Bratschenschülerin und Freundin

Meyer, Herr & Frau, (*1935) Zugehfrau in Aurich und Herr

Ming, (*1964) mein Bruder

Mireille, (*1966) liebe Freundin aus Kindertagen in Frankfurt

Monika, (*1961) frisch nach Ostfriesland gezogene Schwester unserer Freundin Thekla

Möllers, Nachbarn in Aurich. Jürgen und Dorothea (*um 1953?)

Münch, Frau, (*1943) meine Sekretärin

Nemec, Familie, Familie in Lingen. Herr (*1923), Frau (*1948) und Tochter Lara (*1990)

Ottens, Familie im Hause gegenüber („die Bildschirmschoner")

Paul, (*2000) Söhnchen von meiner Schülerin Maria

Rautenberg, Frau, (*1920) Nachbarin in Aurich

Rehlein, (*1939) unsere Mutter

Reimers, Rektoreneheleute in Trossingen (*1941/1942)

Rita, Tresendame in meiner Stammkneipe „Tante Olli" in Aurich. Geburtsjahr unbekannt

Röbel, Eheleute, Pastor mit Frau in Aurich (*1934 bzw. 1941)

Rosa, (*1964) die Neue an der Seite vom Friedel

Saathoff, Frau, (*1934) einsame alte Dame in Aurich

Schinke, Frau, (*1934) meine Bratschenschülerin

Schütt, Herr, (*1917) väterlicher Freund Buzens

Stephanie, (*um 1973) Fräulein im Hause gegenüber

Swetlana, Klavierspielerin, Ehefrau und Mutter aus den Niederlanden. Geburtsjahr unbekannt

Thekla, (*1965) liebe Freundin in Ostfriesland

Uschilein, (*1946) Exe von unserem Onkel Eberhard

Ute M., (*1963) liebe Freundin in Herrenberg, Baden Würtemberg

Veronika, (*1945) unsere beste Freundin in Nürnberg

Vitzthums, Eheleute in Ofenbach. (Georg *1936 und Cornelia *1947)

Wembo, (*1980) Bratschenschüler Buzens. Bratscher im Jadequartett

Weiter geht´s im nächsten Band
Erscheint am 8. Mai 2022